Au Pays
de
Sologne

ÉDOUARD CORNÉLY & Cie

Éditeurs

101, Rue de Vaugirard — PARIS

EXTRAITS DE LA BIBLIOTHÈQUE RÉPUBLICAINE

Discours parlementaires, tome I, par JEAN JAURÈS. 1 volume de 930 pages, prix . . . . 7 fr. 50

La Congrégation, par HENRI BRISSON. 1 volume de 550 pages, prix . . . . 3 fr. 50

La Révolution et les Congrégations, par A. AULARD. 1 volume de 325 pages, prix . . . . 3 fr. 50

Les Cordicoles, par GUSTAVE TÉRY. 1 volume de 350 pages, prix . . . . 3 fr. 50

L'abrogation de la Loi Falloux *(Liberté ou monopole de l'enseignement)*. Discours prononcés au Sénat du 5 au 22 novembre 1903. 1 volume de 574 pages, prix . . . . . 3 fr. 50

Causeries du Jeudi *(Conférences faites à l'École professionnelle d'assistance aux malades)*. Avant-propos de Mme BRANDON-SALVADOR, préface de Mme MARY DUCLAUX. 1 volume de 256 pages, prix . . . . 3 fr. 50

Comment on soigne nos soldats *(Le cas Hartmann — L'épidémie de Rouen)*, par G. CLEMENCEAU. 1 volume de 221 pages, prix . . . . 2 fr. 50

Pour la liberté de conscience, *Conférences populaires*, par MM. BALLAGUY, BOUGLÉ, DAULT, LOTTIN et RAYOT. 1 volume, prix . . . . 2 fr. »

Pour l'Université républicaine, par MAURICE FAURE. 1 volume de 200 pages, prix . . . . 2 fr. »

La Liberté d'Enseignement (Histoire et Doctrine), par ÉMILE BOURGEOIS. 1 volume broché, prix . . . . 2 fr. »

La Loi Falloux : le Cléricalisme et l'École, par A. HUC. 1 volume de 350 pages, prix . . . . 2 fr. »

L'Éducation laïque, par CAMILLE LÉGER. 1 volume broché, prix . . . . 1 fr. 50

Pour la Raison, par PAUL LAPIE. 1 volume, prix . . 1 fr. »

Pour l'École laïque, par B. JACOB. *Conférences populaires*, avec une préface de M. FERDINAND BUISSON. 2° édition. 1 volume, prix . . . . 1 fr. »

Vie spirituelle et Action sociale, par C. BOUGLÉ. 1 volume, prix . . . . 1 fr. »

L'Université de Demain, par J. DELVAILLE, avec une préface de M. H. BUISSON. 1 volume, prix . . . . 1 fr. »

É. CORNÉLY et Cie, Éditeurs, 101, rue de Vaugirard, Paris, 6°

Au pays de Sologne

PAUL BESNARD

Au Pays de Sologne

Poésies et Nouvelles du Terroir

PARIS

ÉDOUARD CORNÉLY & Cⁱᵉ ÉDITEURS

101, RUE DE VAUGIRARD, 101

1903

HISTOUÈRE DE LA SOLOGNE

Vous qu'êtes pas des bas-enfants, i faut ben que j'vous d'ise :
J'ons été, moué aussit, un bas-enfant d'queuqu'un,
Et defeu mon grand'pé, il habitiont près d'Neung
Au d'ssour, coume i disiont, de « Madam' la Marquise ».

Ah ! c'est ben loin, ben loin ! Y a p'têt' cent quarante ni
Au temps qu'y avait un Roué qu'on y a coupé la téte.
N'on était point héreux, n'on vivait comme eun'bête,
N'on savait ren en tout ! Pas coum'vous qu'ét's savants !

Point d'liv's et point d'journiaux, point d'chemins d'far, point d'route !
Pourquoué qu'on aurait li pisque n'on l'savait pas,
Ou voyagé pisque n'on restait coum'des tas ?
N'on s'disait : Qu qu'la chieuve a son té, faut qu'a broute !

Tout d'mém' n'on s'racontait d'grands-aïeux en p'tits-fis
Qu'la Sologn', dans les temps, all' tait ben emmondée,
Mais qu'la gotton d'un Roué iavait soufflé l'idée
D'mett' tous les protestants à la port' du pays.

Dont qu'yen avait biaucoup qu'avions graissé leux bottes,
Et qu'pour lors, la Sologne alle avion: ben changé.
Les terr's, les veign's et tout s'atait embourcagé
D'beruère et d'margouillats. Tout ça pour eun' bigotte !

Pus ren qu'des mauvais boués ! Queuqu' pièc's de carabin !
Et n'on tremblait la fieuv' sans avouēr du quénine,
Près d'la ch'minée, au clar d'euh' chandell' de résine !
Ç'atait encor coum'ça d'mon temps, j'men rappell' ben !

Les vach's al'tint tout's maig's ; leux maît's étiont coume elles.
Ell's, a mangiont du jonc ; eux, du pain d'seig' tout nouēr !
Tant qu'à nout'bon picton, où qu'il tait ? Va-y-vouēr !
N'on beuvait ren que de l'iau ou d'la boēt'de pernelles.

On n'tait point fort en tout. N'on kervait d'chaud-ferdis.
Ben just' si n'on peuvait sarvir dans les armées.
Et ç'a duré coum' ça des centaines d'années ;
Arriēz', jusqu'en par là dix-huit cent quarante'six.

Et pis, v'là pas qu'un jour, des grous propriétares
I s'éventiont d'dérompe et d'planter du sapin !
Tout d'suit', n'on s'a dit : Ça, pour sûr, j'aurons pus d'pain !
Et la nuit, non allait ieux fout' tout ça par tarre.

Tout d'même, il ont t'nu bon, et ça s'est ben vendu !

Et moué, j'vous l'dis, les gars, ç'atait d'la belle ouvrage !

Ces arb's–là, ça vous pomp' tout's les iaux d'marécage

D'où qu'a d'vint la ch'tit' fieuv dont j'en étions pardus.

Si tell'ment qu'Badinguet il a v'nu à la Motte

Pour vouër... et s'fé noumer des députés d'son goût.

I n'a fait des Coumic's anvec des gens d'bagoût,

Et des rout's, des ch'mins d'far, des ponts à plein'culotte !

D'la fieuv', y en avait pus : n'on s'sentait ben résous.

N'on a curé l'Beuvron, dérompé la bremaille,

Récolté du raisin, du blé, du foin, d'la paille,

Des poulets, des cochons, du narf et des gros sous.

Et ça continu' d'pis qu'j'avons la République.

Maint'nant les Parisiens vienn'nt chasser dret l'matin

Et l'souër i font la noc' cheux les d'mouësell's Tatin,

Dans des pays qu'aut'foués ç'atait pis qu'Am rique !

C'qu'i d'vinra nout' pays ? — Ah, dam ! moué, je l'sais pas !

Ça vaudra-t-i jamais la Touraine ou la Biauce ?

Vous voirez ça pus tard, quand que j's'rai dans la fosse !

En attendant, à nout' santé ! Beuvons, les gars !

A Pierre Pichery, député
de Loir-et-Cher.

LA LIBARTÉ DU PÉ D'FAMILLE

Ça s'passait l'an darnier, vars la Bonn' Dam' d'Août,
Oue j'faisions mon jardin sans m'douter d'ren en tout.
Nout'dame a vint m'causer, et pis, d'fil en aiguille,
Quant qu'a n'eut ben preuché d'Bon Dieu, d'Autorité,
Et d'ci et d'l'autr', a n'a parlé d'la libarté.
      D'la libarté du Pé d'famille.

Je compernais pas toujou tout c'qu'a m'débagoulait,
Mais j'voyins ben tout d'même au fond c'que n'i fallait :
Ç'atait tout sembelment rapport à ma ch'tit' fille
Qu'a v'lait que j'mette aux Sœurs ed' la Nativité
A seul' fin d'ben fé' vouer qu'javions la libarté,
      La libarté du Pé d'famille.

Moué, ça m'plaisait point trop. Les curés i m'font peur,
Et pis j'sais pas pourquoué n'y a coum'ça tant d'Boun's Sœurs,

Pendant que n'y a tant d'houm's que faut qu'on les rhabille,

Qu'on yeux i fés' leux soup', qu'on mett' leux vach's au té.

Ça s'rait mieux que d'bailler : Vive la libarté,

     La libarté du Pé d'famille.

J'y réponds ren. J'aurions jamais évu réson.

Alors, v'là qu'à s'en va tout dret à la méson.

Pour vouèr ma femme et pis, ah dame ! vlà qu'ça babille !

Vu qu'a n'ont tout's les deux un battant ben monté.

Et Madame a craillait ! Nous faut la libarté,

     La libarté du Pé d'famille !

Bref, quand qu'a n'a parti, ma femme a vint m'trouver.

A m'engueule et a m'dit : Tu nous f'ras tous kerver !

— J'suis-t-i liber' de moué, qu'j'i fais, Bon Dieu d'chenille !

J'suis pour l'Instutitrice, et j'veux ma volonté !

J'vous f'rai vouèr à tertous c'que c'est qu'la libarté,

     La libarté du Pé d'famille !

Ça i a froumé le gueniau. Mais quand qu'ça été l'souèr,

Alle a jamais voulu m'donner l'divartissouèr.

L'lend'main, ma pocque aussit' v'là qu'a s'met en bisbille :

A veut les Sœurs, a m'nac' de Diab', d'Etarnité !

Sacré bon sang d'bonsouèr, c'est ça la libarté,

     La libarté du Pé d'famille !

Tout l'monde i m'tape' dessus coum' dessus n'un conscrit !
L'garde i m'fout des procès pour mes vach's en délit,
Pour mon farmage en r'tard vlà l'hussi_r qui m'étrille,
Pendant que l'grand Sausset il tait amignouté,
Vu qu'son gars qu'est vicair' defend la libarté,
     La libarté du Pé d'famille.

A ben fallu céder. J'pouvais pus y durer.
Ma pocque est cheux les Sœurs où qu'on va i montrer
Quand qu'on est en ménag' comment qu'on entortille
Son houm' si i veut pas marcher du bon coûté.
Mais on m'accrassin' pus d'pis qu'j'ai la libarté,
     La libarté du Pé d'famille.

Nout' monsieur du Châtiau, crés ben qu'il est coum' moué,
Et qu'pour avouër son dû faut qui peuye a l'octroué.
Sa fumelle all' f'rait ben passer dan un trou d'vrille !
Et paraîtrait qu' l'aut' jour i n'a manifesté,
Mais qu'il avait point l'air chaud pour la libarté,
     La libarté du Pé d'famille.

Tout d'même, en fin des fins, ça m'ostin' trop, Bon Dieu !
D'êt' lib' de mett' mes p'tits où que l'curé i veut !
Mékerdi, jour de fouër', je m'ras' de frais, j'm'habille,
Et j'vas à R'morantin, vouër Pich'ry, l'deputé,
Pour i d'mander qu'la Chamb' supprim' la libarté,
     La libarté du Pé d'famille.

A André Desplanches.

LE RABATTEUR

Allons, les rabatteurs ! en route !
Hardi ! Cognons ! faisons ben du raffut !
L'boués il est mouillé, mais quoqu'ça peut foute ?
L'patron n'en s'ra quitt' pour peuyer la goutte
    Et pour allonger queuqu'sous d'pus !

(*A part.*) Aujord'hui qu'i n'a enflé sa cagnotte,
C'est pus coume aut'foués et i tait l'fendant ;
Moué, je l'ons counu anvec eun' culotte
Mais p'têt' ben qu'y avait point d'chemis' dedans !
Tout c'qu'i n'a fait d'vant qu'les suifs i rapportent,
N'on se l'figur'pas, mais, en fin des fins,
I n'a ben marché et ceuss' qui l'escortent
C'est des gens calés et pis des rupins !...
    — (*Criant.*) Aïe donc ! les loupins ! —

(*A part.*) N'empêch' que moué j'crés qu'i sont ben sozeignes !
Tous ces Parisiens, c'est qu'ça vaut pas char !

Ça fait les sucrés, au fond, c'est des teignes !

Ils ont poisouné l'Louëret, l'Louër-et-Char !

Saint-Cyr, la Farté, Vouzon et la Motte

Anvec leux autos qu'c'est ben apponté

Et pis leux d'moisell's qu'ont presque point d'cotte

Et dont qu'leux fusils n'ieux ont ren coûté.

— (*Criant*). Faisan pa l'coûté ! —

(*A part.*) Tu l'as ben manqué, toué l'grand qu'es à drouette !

Pourtant, nom de d'là, il tait pas trop loin !

Sacré banquier ! va ! les ceuss' que t'esplouettes

C'est ben pus commode et tu les rat's point !

Pour tant qu'aux faisans, c'est pas qu'ça m'deplaise

Que ton biau flingot les enfum' souvent !

Moué, pour el'branché, j'en s'rai qu'pus ben aise !

C'qu' j'yeux foutrai c'souër, ça s'ra pas du vent !...

— (*Criant*.) Au lieuve en avant ! —

(*A part.*) Paf ! Sacré Bon Dieu ! L'bougre il a fait mouche

En plein sus ma jambe et qu'ça y est d'aplomb !

Ces trous-là, bourgeois, faura qu'tu les bouches !

Autant qu'i en aura, c'est un louis par plomb !

Pour ça, faut crailler et pas êt'timide.

Allons-y !... (*criant*) Héla ! ça m'fait-i souffri !

Ah ! Bon sang !... faut-i !... V'nez à moun aïde !...

Le curé !... L'méd'cin ! Allez vit' les qu'eri !

J'sens que j'vas mouri !

(*Bas aux camarades.*) Allons, les rabatteurs ! en route !

Marchez, vous aut's, continuez vout'raffut !

Moué, j'ons queuqu'grains d'plomb, mais quoqu' ça peut foûte ?

L'Monsieur qu'a fait ça vouéra c'que ça coûte !

Et moué ça m'f'ra queuqu'biaux louis d'pus !

A Saulet Saint-Céol.

MES DEUX FILLES

J'ons deux fill's que c'est deux bell's filles.
Quand qu'à n'ont évu dix-huit ans,
A sont allé's à Orléans,
En condition, mais pas longtemps ;
A n'ont filé coum' deux anguilles.

A sont cheux un grand couturier.
A Paris, c'est coum'ça qu'ça s'passe :
Les dam's a font vouër pile et face
A des houm's qui p'lotent leux tétasses
Censément pour les habiller.

Et mes bouell's, comme a sont ben faites
Du corsage et d'tout c'qui s'ensuit,
Depis l'matin jusqu'à la nuit,
A s'promèn'nt dan eun' rob' qui r'luit
Pour fé vouër le fion des touëlettes.

Paraît qu'ça s'appelle êt' mann'quin.
C'est ben peuyé et point penibe.
Et pis n'y a des monsieux sensibe
Qui sarch'nt si des foués c'est possible
D'ieux y fér' un p'tit Saint-Frusquin.

Mais là-d'ssus, mon houm' qui sait lire
Dans tous les liv's et qu'est bediau,
I dit qu'y a qu'à baisser l'ridiau.
J'soum's trop bêt's, nous aut's paisanniaux,
Pour savouër si c'est mieux ou pire.

Leux père, i les eum' ben tout's deux;
Mais i préfèr' Louis', la grand' breune,
Rapport qu'i trouv' qu'a r'ssemble à eune
Qu'i fréquentiont au clar de leune
Quand qu'il tait sargent aux Chasseux.

Quand qu'a r'vienn'nt cheux nous chaque année,
N'on peut pas vouër meilleux enfants !
A regal'nt leux parents tout l'temps
D'bonbons, d'galette et d'vin pétant,
Tout ça en craillant : Vive l'armée !

J'dis ben qu'a n'ont trop d'farbalas,
Qu'leux rob's coll'nt trop après leux fesses ;
Mais l'dimanche a rat'nt pas la messe,
Mêm' qu'à Paqu's a vont en confesse ;
Alors, coum'ça, l'monde i gueul'pas.

Ça m'embêt', quand j'pousse et qu'j'arrache,
D'vouër ce p'tit mond'là qui fait l'biau !
Ça irait pas qu'ri un seau d'iau,
Ça fait sa ourse et sa chamiau
Et ça sait pas tirer eun' v....

Mais l'pèr' i dit qu'quand a revinront
A Jouy, des écus plein leux poche,
N'on mettra du dinde à la broche ;
J'serons pus forcés d'manier la pioche,
Et tout l'monde i nous respect'ront !

J'aurons eun' méson consequente
Dans l'bourg, au mitan du milieu,
Et, comme a sont pour el' Bon Dieu,
A n'épous'ront queuqu'vieux monsieu
Ou queuqu' marchand à grouss'patente.

Ah ! si c'est ça qui nous attend,
Qu'a travaill'nt donc et dru et farme !
J's'rons pus inquiets d'peuyer nout' tarme,
Et j'pourrons p'têt'ach'ter eun' farme !
Dame, alors, j's'rons tous ben contents !

Les parents il auront d'la tarre !
Les fill's a s'ront des dam's itou,
Et j's'rons les pus huppés d'cheux nous !
Allez à Paris, mes p'tits choux !
C'est pour vous, vout' pare et vout' mare !

Au docteur Halma-Grand.

MES NEVEUX

Les deux fi d'mon frère i sont à Paris :
Des jun's houm's qui n'ont été ben appris !
Un qu'est sous-lieut'nant, l'aut' dans la med'cine.
J'suis été là-bas marier eun' cousine
Et i m'ont m'né vouër c'qui trouvint d'pus biau.
L'medecin m'a conduit dan un grand châtiau
Où c'est qu'on apprend comment qu'çà s'oriente
      Dans nou't vente.

Faut pas di l'contrar', c'est ben éventé !
Les houm's et les femm's, ça y est imité
Tout à nu, en cire, anvec d'la peinture,
Et c'est déchiré pour vouër leux fersure.
Et pis n'y a aussi biaucoup d'istruments
A tailler, rogner et tout l'trembelment,
Pour c'qu'est des boyaux, des bras et des jambes,
      Plein eun' chambe !

Quand qu'j'en ons sortu, j'ons été ailleurs.

C'te foués, ça, ç'atait pas pour les batailleurs !

L'lieut'nant i lomm'ça l'Musé' d'Artillerie.

N'y a là tout c'que faut pour l'ecrabouill'rie :

Des bounhoum's, des ch'vaux en far étamé,

Des lanc's, des canons, des boulets ramés,

Et des tas d'fusils, d'pistolets et d'sabes

        D'tous les Diabes !

D'là j'ons pris un varre et pour rigoller,

J'ai dit : Toué, l'médecin, faut pas m'enjôler !

Désauber l'Chrétien, c'est point c'qu'on vous demande !

R'mets-i vouër des jamb's et des bras en viande !

Tant qu'à toué, l'soldat, c'est pas pus joli !

Tu t'occup's des houm's pour les demoli ;

Mais trouv' donc seul'ment eun' nouvell' manière

        Pour n'en faire !

A Albert Perrin,

LA QUEXION DU R'PEUPELMENT

Mon gars m'lit des foués l'*Courrier de la Sologne*
Où qu'étions marqué's l'aut' jour tout du long
Des affér's que, vrai ! ça m'as mis en rogne !
Non ! y a des malins qu'est pus bête qu'un m'lon !

Et c'est des Savants, — c'est à pas y crère ! —
Qui s'pleugn'nt que ça chôm' d'enfants cheux l'paisan,
Que j'nous diminuint ! I sarch'nt la manière
Pour fér' que l'Français sey' pus produisant.

Quo qu'i nous fout'nt là ? C'est-i dans leux têtes
Qu'i trouv'ront l'moyen, tous ces Messieurs-là ?
Fair' des p'tits ! Eh ! ben ! Qu'i r'gard'nt donc les bêtes !
A n'en font tout l'temps, nom de d'là d'bon d'là !

Et pis les paisans, presqu'autant bêt's qu'elles
I n'en font donc point ? — J'n'en ai sept ! Eh ben !
Pisque tout coum'nous il ont leux fumelles,
Les ceuss' qu'écrit ça, i n'leux font donc ren ?

J'poux pas m'infiltrer pourquoué q'c'est les houmes
Qu'en fich'nt pas un coup, suivant leux métier,
Qui nous craill'nt : Aïe donc ! Eux, c'est coum' des poumes !
Qu'i travaill'nt aussi putoût que d'crailler !

N'y a Monsieu l'Curé quand qu'i n'est en chare,
I nous baill' là-d'ssus et du haut en bas.
I n'na p'têt'ben, lui, dont qu'i n'est point l'pare !
I n'en parle ben à l'aise, le vieux gars !

Moué, j'y en en veux pas, et c'est point d'sa faute,
I peut pas s'marier pisqu'on i défend !
Alors dam ! est-c' pas ? I pond cheux les autes,
Histouér' d'augmenter leux nomber d'enfants.

Aussi, c'est pour ça qu'tous ses fariboles
N'on les gob'point trop, pas pus qu'son latin.
En sortant d'la mess' le mond' n'en rigolle :
C'est qu' n'on l'a ben vu, l'bouguer' de mâtin !

Eh ! ben ! les fameux gars d'l'Acalemie,
J'crés qu'i font coum'lui, et coume l'coucou.
Quand qu'i n'ont ecrit tous leux polémie,
I vont se r'produire on sait pas trop où !

Si l'Bon Dieu bénit les pus grouss's familles,
Qu'i peuy' donc d'abord les blous's, les sabiots,
Les culott's aux gars et les cott's aux filles !
J'n'en frons des enfants, et pis qu'i s'ront biaux !!

Qui peuy' nout' loyer, nout' pain, nout' lit'rie,
Et pis nout' bapteume et nout' entarr'ment.
Qu'i peuy' donc l'Medecin et la Phermac'rie,
Et pis l'Perçopteur et l'Rengistrement !

Ou ben, peuyez, vous ! Ça n'en vaut la peine,
Savants et Curés ! J'vous jur' ma grand' foué
Qu'anvec ma bourgeois' j'vous f'rai la douzaine,
Et qu'i en a cheux nous d'aut's qui f'ront coum' moué !

Au camarade Lucien Leluc.

LA VIEILLE PATACHE

Ma pau' vieill', c'est aujord'hui
Qu'tu fais ton darnier voyage !
C'est qu'temps. Tes rou's font : cui ! cui !
Et tu vaux pus l'rapiéçage.
Ta peintur' timbe en morciaux,
Ton drap c'est pus qu'eun' reprise.
Y a qu'à t'jitter aux pourciaux !
    Dioup ! hû ! la Grise !

T'en as-t i fait et t-i vu
D'ces lieu's et d'ces kiloumètes !
Combien c'est qu'tas roulé d'culs
D'marchands, d'vaque-à-tout et d'métes,
D'bourgeoués, d'noutar's et d'hussiers,
D'femmes, d'pocqu's et d'houm's d'Eglise,
D'fantaboss's et d'curassiers !
    Dioup ! hû ! la Grise !

T'en as-t-i vu des amours,

Qnand qu'il tint qu'deux dans ta bouëtte !

Moué j'faisions l'aveug' et l'sourd !

Toué, tu ieux i sarvais d'couëtte !

J'avais beᶇ soin d'tourner l'dous !

— Au monᵈ' faut pas fé d'sottise ! —

L'pourbouëre en était qu'pus grous !

     Dioup ! hu ! la Grise !

J'avons counu les vieux temps

Des Glorieus's et d'Louis-Philippe,

Et j'ons chanté dix-huit ans

L'air de Fanfan la Tulipe.

Les rout's a valint pas gras !

Meilleure était l'enterprise :

Des ch'mins d'far y en avait pas !

     Dioup ! hû ! la Grise !

D'Chaumont jusqu'à Millançay

Ç'atait que d'liau, d'la beruère,

Sous Badingu' n'on commençait

D'vouër du sapin et d'la tarre.

A présent v'là les Traind'vés !

C'est ça, la vieill', qui t'defrise !

Et t'as pus qu'à t'ensauver !

     Dioup ! hû ! la Grise !

Voués-tu, tout ça, c'est l'Progrès !

L'un d'vant l'aut' faut qu'tout s'en aille !

Toué encor, tu crèv's qu'après

Les mollets et la bremaille.

Va, ça sert a ren d'brailler !

T'auras pas même eun' remise !

N'on f'ra d'toué un poulailler !

      Dioup ! hû ! la Grise !

(*La larme à l'œil.*) Moué, j'gangn'rai putout pu char

Et j'bouërai autant la goutte

D'êt' aux Traind'vés d'Louër-et-Char.

Alors, quoué c'est qu'çà peut m'foute ?

Allons ! nous v'là anrivés !

Pleurons point ! c'est d'la bêtise !

Un d'pardu, dix de r'trouvés !

      Ho ! la ! la Grise !

Au docteur Georges Durand.

LA GRANDE CHASSE

Hiar que j'faisions du cottret
Anvec Goubiau et Lafouasse,
J'ons aparçu la grand' chasse
Qu'alle arriviont d'la forêt
    Tout dret.

Ç'atait tous des gens d'première !
N'y avait des Comt's, des Marquis
J'sais pas d'quoi, ni d'qu'est·c', ni d'qui
Anvec des beull's cavayères
    Darrière.

Des vest' roug's, des gilets blancs,
Des bott'varni's et du linge !
Ç'atait pas d'la roupi' d'singe !
Ou, sauf vout' respect, du fient
    D'nout' chian !

N'y en a un, l'sacré Cosaque !

Qui veut fé' sauter son chual,

Mais v'là qui s'concubin' mal

Et pis mon bouguer de braque

    I' s'plaque !

Tins gad' donc, v'là-t-i qu'est biau !

Du coup, le chual i s'assoume,

Et dans l'foussé mon bounhoumme

I rest' couché coume un viau

    Dans l'iau !

J'lons r'peûché mais pas sans peine.

I s'pleugnions d'son bras cassé

Et d'son brechet defoncé.

I n'n'aura ben pour six s'maines.

    Pas d'veine !

Dam ! tant pir' ! J'vous d'mande un peu

S'i prend pas la boun' manière

D'fé' profiter les afféres

De son garcon ou d'monsieu

    Son n'veu ?

Tous ces nob's, ça les arrange
De pard' leux or et leux narf
Pour pas toujou prend' un çarf !
Et pis qu'leux meute, en échange,
    A l'mange !

Quoué fér' des chians, des piqueux ?
C'est char et n'on s'fait de la bile !
Un fusil qui met dans l'mille
Anvec un basset ou deux,
    C'est mieux !

Pas moué que j's'rais si godiche
Que d'aller m'fé' culbuter
Aplati et détracter
Si jamais je d'venions riche !
    J't'en fiche !

Çui qu'a des pièc' de cent sous
S'ra jamais qu'eun' foutu' bête
De s'mett' la pleu' sus la tête
Et d'risquer de s'casser l'cou
    Du coup !

L'argent, c'est d'la rigolade !
Il est pas mieux empléyé

Pac' qu'on s'ra d'rouge habillé
Si n'on sort d'la mascarade
Malade.

MORALE

Peuyez-vous des cotillons,
Du vin et des boun's vouêtures
Et cassez pas vos figures !
Y a qu'ça d'vrai, cent mill' miyons
D'couillons !

RESTE AU PAYS !

Cù qu't'as la têt', mon pouver'fi ?
Tu crés qu't'auras ben du profit
    D'aller dans la grand'ville !
Tous ceux-là qui n'en sont si safs,
N'on dirait qu'i sont fous ou pafs
    Et qu'leux çarvelle a file !
Ah ! grand berlaud ! J'en ons tant vu
Du déplaisi qu'i n'n'ont évu
    Qu'faut pourtant ben que j'grogne
De t'vouër t'arricander coum'ça
Et d'pus voulouër demeurer à
    Tour-en-Sologne.

Pardi oui, c'est chouett', ton Paris !
I n'y fait purtout du temps gris
    Qu'du soleil et d'la leune.

Et pis i n'y est toujou quexion
Qu'pour des chous's ed' Revolution
    N'on s'fout' queuque preune !
Pour des bêtis's, pour ren, pour tout,
La polic' qui riboull' partout
    A r'gard'point où qu'a cogne.
Cheux nous, n'on attrap' jamais d'gnons !
Les gard' champêt's sont ben mignons
    Dans la Sologne !

Quoué c'est donc qui t'tourment' si fort ?
J'poux pas crér' que tu sey' encor
    Las d'frequenter nos bouelles !
Tu sais pas c'que c'est dangéreux
Qu'd'aller ren qu'eun' foués avec leux
    Sacré Bon Dieu d'fumelles !
J'savons ben qu'Juleaud y a été
Et qu'c'est pour ça que d'puis c't'été
    L'méd'cin il'taille, il'rogne !
A n'ont pas, quoiqu'a sent'nt moins bon
Des mals que c'est pir' que l'charbon,
    Cell's de Sologne !

Putoût que d'senti l'bon feumier,
Tu t'baug'ras dans queuque atelier

Où qu'ça pue et qu'ça fume !
Et pis, arrièz', tu t'y frott'ras
Ben souvent à des vilains gars,
    Qu'c'est quasiment l'écume !
Ces bouguer'là i t'front la loué,
I t'mettront en grèv' malgré toué.

    N'en v'là d'la bell'besogne !
Pendant qu'n'on respir'du boun ar
Et qu'pour viv' n'on gangne assez char
    Dans nout' Sologne.

Au lieu d'ben dormi comme icit
Faura qu'tu fais' la noce aussit.
    C'est ça qui vous esquinte !
Et, par le moyen du billard,
  D'la manille et du Zanzibar,
    Tu peuy'ras l'harbe-sainte !
Tu s'ras prop' de point t'êt'couché
Et d'avouër penyé l'vin bouché

    Du clous d'Campêch'-Bourgogne !
Pendant qu'i s'laiss' bouër' si brav'ment
Et qu'i s'laiss' rend' si gentiment
    L'vin blanc d'Sologne !

N'on a bieau di', mais nout' pays
N'en vaut d'aut's et, voués-tu, Paris

C'est guér' bon qu'pour les riches.
Cheux nous, n'on a du vin, du boués,
D'la viand', du froumage et des poués
  Quand qu'on n'laiss' ren en friche.
J'ai huit z'enfants qu'j'ons pu caser !
Tu peux ben aussi épouser
  Coum' moué eun' mé' Gigogne.
Autant d'bapteum's, autant de r'pas !
C'est ça la meilleur' noc', mon gars !
  Reste en Sologne !

A L. Benoist Hanapier.

C'EST-I VRAI, ÇA ?

V'avez biau êt' bourgeoués, ben cossus et ben chouettes,
J'vas vous dire eune affére à quoué qu'vous songez point,
Faut qu'ça seye un paisan quí sait guér' que ses lettes
Pour vous fére un sarmon qui s'ra pas en troués points.
Dam ! en coupant du boués, en fauchant des beruéres,
Non refléchit biaucoup pac'qu'on a l'nez en bas.
Vous, v'êt's tout l'temps en l'ar ; alors, vous peuvez pas !
    C'est-i ben vrai, ça, mes grous péres ?

Avez-vous ben pensé que n'on n'peut point manger
Ni bouér', ni s'nabiller, ni mêm' senti eun' rouse,
Qu'n'on peut, sauf vout' respect, point tant seulement s'purger,
Sans qu'la tarr', la boun' tarre a n'y soy' pour queut' chouse ?
V'auriez-t-i des chapiaux, tertous autant qu'vous vlà ?

V'auriez-t-i des souliers, des culott's et des ch'mises
Si y avait point la tarr' que faut qu'a les produise ?
 C'est-i pas vrai, c'que j'vous dis-là ?

Et dit's donc, les diamants pour vos femm's et vos bouelles,
Les dind's, les oï's, les truff's, vos mont's, vos chaîn's en or,
Les fusils d'vos soldats, leux canons, leux gamelles,
Vous qui fait's les malins, dit's moué d'où qu'ça sort ?
D'où qu'ça d'vint les rubans et tout's les farblant'ries
Des crouéx et des crachats qu'vous d'mandez à Loubet ?
— Toujou d'la tarr' ! C'est clar coume l'Q d'l'alphabet !
 C'est-i vrai ? C'est-i des ment' ries ?

C'est vrai, est-ce pas ? Eh ben ! qui dont qui fait sorti
D'quoué fabriquer tout ça ! C'est-i vous, mauvais' graine ?
Vos mains a sont trop fin's et faut pas les coti !
Et v'êts's ben trop feignants pour vous douner de la peine !
Qui qu'c'est, alors ? — C'est moué que j'vas vous l'dit tout dret :
C'est l'paisan qui laboure et qui pioch' la campagne,
Et l'mineux qui farfouill' le vent'e à la montagne.
 C'que j'vous dis là, c'est-i pas vrai !

Ah ! j'comprends ben, vous dit's : ça, c'est un socialisse !
Mais bon gui d'nom dé guï, j'sais seul'ment pas c'que c'est !
J's is pas deputé, moué, savant, ni jornalisse,

J'ons d'la ju et v'là tout et n'on sait c'que n'on sait !
Eh ben ! si vous donnez aux aut's un coup d'casquette,
Quand c'est qu'vous rencontrez un paisan, un mineux,
Pour ben fér, vous devrez au moins i en douner deux !
C'est pas c'que vous feriez d'pus bête.

Au camarade R. Mégret.

LE CUL-DE-LOUP

Là-bas, là-bas, sus l'flanc du cotiau,

Dans les taillis d'la forêt d'Boulogne,

D'où c'est qu'n'on vouët ben loin en Sologne,

Vous voyez-t-i feumer mon fourniau ?

C'est là qu'j'avons fait mon doumicile ;

Un ptit cul-d'loup où qu'on est tranquille

Et ben pus lib' que dan un châtiau.

Plaît-i ? Quo donc qu'i a pour vout' sarvice ?

Vous savez pas quoué c'est qu'un cul-d'loup ?

J'créyais pourtant qu'v'en savez biaucoup !

Où donc qu'v'avez été en nourrice ?

Pour pas savouër qu'c'est eun' p'tit' méson

En brins d'sapin r'couvarts de gazon,

Qu'n'on dirait qu'c'est un bounet d'police.

N'on fait soué-mèm' les plans et les d'vis,

Et n'on bâtit ; n'on est l'architèque

Et pis l'mâçon. Tant qu'à l'hypothèque
N'y en a point sus l'cul-d'loup où que j'vis.
Y a pas d'danger qu'jamais n'on l'saisisse !
Je m'fous pas mal des houm's de justice :
Vlà l'rigolo ! C'est pas voute avis ?

Cuiseux d'charbon, faiseux d'pouteaux d'mine,
C'est un cul-d'loup qu'j'habitons tertous.
Pendant l'hivar i n'y fait ben doux !
Mon Dieu, des foués, n'y a ben queuqu' varmine
Mais bah ! les puc's, c'est ben innocent,
Et ça vous pomp' ren que l'mauvais sang.
A tous les mals, ça sart de vaccine !

Cheux les bûch'rons, cheux les charbouniers,
Si ben placés pour c'qu'est d'la bracoune,
Dans la saison, quand qu'la nuit est'boune.
N'on r'tire souvent des gars lantarniers
Ou panniauteux, et pour leux ouvrage,
Si n'on s'en met, i peuy'nt leux passage
De queuqu' gibier, en bons bracouniers !

Et pis, y a pas ! I sont ben hounêtes.
Des bons vivants et l'cœur sus la main !
I n'on toujou d'l'iau-d'vie ou du vin

Pour bouër pendant qu'n'on compt' les p'tit's bêtes.

Et n'on rigolle assis tous en rond

Au nez des gard's et même du patron

Qu'i s'figur'nt pas qu'non s'peuy' leux têtes.

Et vlà pourquoué qu'mes ancêt's aimiont

Leux bon cul-d'loup qu'il a tant d'mérite.

Et vlà pourquoué tout comme eux j'l'habite.

Dan un cul-d'loup mon p'pa i viviont,

Dan un cul d'loup, moué j'ai v'nu au monde,

Dan un cul-d'loup j'ons counu ma blonde,

Dan un cul-d'loup faura que j'crevions !

Au camarade Jean Gay.

LA BICYCLETTE ET LES AUTOS

Je m'rappell', n'y a quinze ans au moins,
 D'un gars en bicyclette
Qui passiont sus la rout' de Soings,
 En breumant d'sa trompette.

Ma vach', ça la faisiont sauter,
 Et, coume alle était pleine,
J'me dis : Sûr qu'a va n'n'avorter
 Avant la fin d'la semaine.

Le ch'min il tait point bon ; mon gars
 Il alliont pas ben vite :
J'cours après lui et j'y prends l'bras ;
 Vlà qu'i descend tout d'suite.

J'aurions voulu, tant j'étions chaud,
 I demoli l'système !
Mais il aviont point l'air manchot.
 Et j'lons laissé tout d'même.

C'est qu'n'on parlait : Ces joujoux-là,
    Ça coût' pus char qu'un mouënne !
Et pis, si ça prend, nous y vlà !
    N'on vendra pus d'avouënne.

Mais n'on a réfléchi un jour :
    C't'affér'là, c'est commode !
Si j'en ach'tions donc à nout' tour
    Pour nous mette à la mode ?

Et n'on en a vu cheux l'paisan
    Coum' cheux les gens d'la ville,
D'manièr' que partout, à présent,
    Tout l'mond' pédal' tranquille.

Seul'ment maint'nant, vlà les autos !
    C'est ça qui nous ostine !
J'avons pus l'air que d'grous patauds
    Anvec nos p'tit's machines.

Des vouëtur's anvec point d'chevaux,
    Pour sûr que c'est ben chouette !
Et ces richards de bourgeouësiaux
    Mépris'nt la bicyclette.

C'est pour ça qu'n'on grogne après eux,
    Qu'n'on les trait' de canaille;
Qu'on i eux y fait d'mauvais coins d'z'yeux
    Et qu'su eux l'monde i craille.

Mais déjà y en a bien d'cheux nous
    Qui pard'nt point la boussole,
Et qu'ont pris, pour pas êt' jaloux
    Des vélos à pétrole.

MORALE

Tant qu'aux autos, j'crés qu'on d'mandra
    Pus qu'on les foute au bagne
Du jour que n'on en fabriqu'ra
    Pour les gens d'la campagne.

A M. Drioux.

NOUT' OPIGNION

L'paisan, il eum' la République.

I rigolle au Quatorz' Juillet,

Et s'i n'est quexion d'politique,

Pour êt' dans l'mouv'ment, ça, i y est !

Tant qu'à guéri des équerouelles,

Les Roués il taient fameux, mais, bah !

Tout's les boun's chous's qui sont nouvelles,

C'est la Republiqu' qui fait ça.

V'allez pas assez à l'Eglise !

Qu'i nous r'proch'nt souvent les bourgeoués,

Dam ! c'est coume l'cul et la ch'mise

Tous leux Curés et tous leux Roués !

Et n'ont vouët ben, quouéqu'on soy'bête,

Qu'i n'ont biau fér' leux embarras,

Ces gars-là tirent à la culette

Pour que la charrette a march' pas.

J'voulons pas qu'alle aille en errière !

L'Progrès il est pas qu' pour les p'tits !

A preuv' que defeu mon grand'père

I m'a repeté, comben-t-i !

Que n'y a guèr' pus d'cent ans, — en soume,

Deux ans d'vant la Revolution,

Son pé n'a vu brûler eun houme

A Varnou, par condamnation ! (1)

Non, mais, des foués ! C'est-i conv'nabe ?

Sans l'boucan du chambardement,

Ça et d'aut's chous's abonimabes

Ça dur'rait encor' dans l'moment.

Mais d'vant l'Progrès, faut qu'tout s'efface.

Si les Roués n'ont r'venu queuqu'foués,

Il ont jamais pu r'mette en place

Tout ça coum' ç'atait auterfoués.

I n'ont biau rentrer, faut qu'i sortent :

Un matin, quand qu'on est à bout,

Allons ! i r'prenn'nt le ch'min d'la porte

Jusqu'à c'qu'on n'en voul' pus du tout.

1 Ça c'est ben vrai ; j'l'ons pas éventé !

Vlà Napoléon Bonaparte
Qui cogn' tout l'monde coume un berlaud !
Bah ! j't'en fiche ! un jour, faut qu'i parte,
Et d'Terlisse i va à Terloo !

Vint Louis Dix-huit, un grous plein d'soupe,
Anvec ses nob's, l'Diabe et son train !
Mais n'on ravis' malgré sa troupe
Charles X, un vieux bon a ren.

Louis-Philippe, on i fout eun' tape
En quarant'huit, à c'que n'on dit
Pendant l'même temps qu'non voyait l'Pape
Em...bêté par Galiberdi.

Pis après, c'est eune aute histouére.
J'ons révu un Napoléon.
D'ssous lui, j'ons recolté d'la glouère,
Et n'on vendait ben son cochon !

Mais dam ! quand qu'on eum' trop à s'batte,
N'on finit par êt' foutu d'dans,
Et i n'a r'çu un coup d'savate
En plein dans la gueule à Sedan !

C'est d'puis c'temps-là que d'tous les Princes
N'on s'est dit : Mon vieux, n'en faut pus !
Y a pas d'danger qu'on nous y r'pince !
S'i n'en r'vint un ; la pelle au cul !

C'qu'ia d'sûr, c'est qu'on s'bat pus ou guère
Depuis que j'n'avons pus d'Emp'reur.
N'on sarch' mêm' d'empêcher la guerre !
Preuv' que c'est pas l'peup' qu'est qu'relleur.

J'vous dis là-d'ssus c'qu'est dans ma boule
Et des coum' moué, y en a des tas !
Maint'nant, j'vas vous di quoué qu'i voulent
Pisque j'ai dit quoué qui voul'nt pas.

N'y a des gars d'réunion publique
Que, pour mieux galander nos vouëx,
I dis'nt que la vrai' Republique
C'est qu'su tout tout l'monde ay' ses drouëts.

Vous voyez pas la tarr' coumeune !
L'argent coumun ! ! Les femm's aussit ! ! !
Chacun auriont pus sa chaqueune ;
Un Ouvargnat vinrait icit,

Prend' tout cheux moué à sa conv'nance,

Bouër' mon picton qu'j'ons recolté

Et traiter ma femm' d'indecence

Sous prétesse d'coumunouté ! ! ! !

Point d'ça ! l'bien d'tout l'mond' c'est pas l'nôte !

Et n'on sait ben c'qu'arriv' cheux nous :

Pour c'qu'est en coumun anvec d'autes,

Parsoune i veut en foute un coup.

Faurait donc consenti à parde

G'que j'aurions gangné ! Crés ben qu'non !

Si j'peux ramasser que d'la m.....

J'veux qu'a soye à moué, nom de nom !

L'paisan i r'chign' pas à sa peine.

S'i met d'coûté, l' reste i fait ren.

Mais dam, faurait pas qu'on i prenne

Quand il' tint son p'tit bout d'terrain !

Cheux nous, c'est ça qu'non veut, tout l'monde !

Un biau jour ach'ter queuqu's arpents,

Et pis n'n'ach'ter d'aut's à la ronde

Pour laisser pus tard aux enfants.

Pour ça, pas besoin qu'n'on s'escrime
Coum' des gens qui seriont trop bus.
Et j'dis : Faut pas d'l'Ancien Regime,
Mais pas du trop nouviau non pus !

HÉLA ! FAUT-I !

Saynète pouvant être récitée en monologue.

Le soir, sur une route de Sologne couverte de neige.

Personnages : Un gars, 21 ans.

Une fillette, 10 ans.

LE GARS

D'où qu'tu d'vins par de d'là, Méli' ?

LA FILLETTE

Je d'vins d'l'école.

LE GARS

Ah ! pau ch'tit' ! C'est ben loin cheux vous ! la neige a colle
En d'ssour de tes sabiots !

LA FILLETTE

Oui, n'on marche ben mal !
Ça bott', que n'on crérait quasiment êt' bancal.

LE GARS

Tu vas timber, ben sûr ! Vins, doun' moué ta menitte ;
En nous deux, tu vas vouêr, ça ira ben pus vite.

(*Ils marchent en silence.*)

... Eh ! ben ! ça va cheux vous, ton poupa et ta m'man ?

LA FILLETTE

I sont assez résous tous les deux dans l'moment.

Et pis, poupa il est content ; tout' la jornée

I rit, i s'frott' les mains. Hiar il a dit : L'année

A s'ra boun' pour nous aut's !

LE GARS

C'est p'têt' rapport aux blés.

LA FILLETTE

Nou, c'est pas ça. Il s'plaint qu'n'y en aura d'gelés.

Mais l'aut' jour i disiont : Crés ben qu'ça s'f'ra tout d'même !

LE GARS

Quoué qui s'fra ?

LA FILLETTE

J'sais pas, moué.

LE GARS

Et... quand ?

LA FILLETTE

Avant l'carême,

Qu'il a dit.

LE GARS (*inquiet, à part*).

Cré bon sang ! (*Haut.*) C'est pas... eun' noc' ?

LA FILLETTE

J'sais pas !

Mais enfin la méson est dans tous ses états.

LE GARS (*avec une indifférence forcée*).

Ah ! bah !... faut les laisser fourbancer leux cuisine !

Ça nous fait ren, pas vrai ?... Dis donc... ta sœur Silvine,

Tu m'as pas dit son portement ? Comment qu'a va ?

LA FILLETTE

Oh ! alle est point malad', mais alle est point gaie.

LE GARS (*avec émotion*).

Ah !...

LA FILLETTE

Des foués a va s'siéser qu'on cret qu'alle a pus d'jambes,

Ou ben a geint la nuit quand que j'soum's dans nout' chambe.

A pleurions a plein siau l'jour que Cadoche est v'nu,

Quand poupa i craillait : Moué, j'te dis qu'c'est conv'nu !

Le faut ! et pis je l'veux ! L'aut', j'l'ai mis à la porte !

I va fér' ses troués ans et pis quoué qu'il apporte

En pus d'son corps ? Pendant qu'j'avons Cadoch' qu'a d'quoué

Et qu'est un fi d'farmier.

LE GARS (*tremblant*).

Et... a pleurions ?... pourquoué !

LA FILLETTE

Ah ! dam ! j'l'ai ben d'mandé un souër à ma grand'méze,

Mais vlà ! a ma répond qu'ç'atait point moun afféze.

.. Quo qu'v'avez à trembler coum' ça ?

LE GARS (*se ressaisissant.*)

Ren ! c'est qu'j'ai fred !

LA FILLETTE

Vous marchez pourtant fort !... J'en peux pus ! N'on dirait
L'vartigo !

LE GARS (amèrement.)

Oui, p'tét ben !... attends, va, pouver' piaule !
J'te vas porter un brin ! (la mettant sur son épaule) Houp là ! sus mon épaule !
Tins-moué ben par la tête !... Arriéz' !... dis donc, pour vouér ?
Coum' ça Cadoche i vint souvent ?

LA FILLETTE

I vinra c'souér
Anvec son pér', souper cheux nous.

LE GARS

Eh ! bén, drôline ?
Quo qu'a dit donc d'tout ça, ta sœur ?

LA FILLETTE

J'vous dis, Silvine
A pleure.

LE GARS

A n'te dit ren ?

LA FILLETTE

A moué, non. Mais l'aut' jour
Qu'all' tint anvecque m'man tout's deux à chauffer l'four,
J'l'entendais qu'a disiont : J'aim' mieux rester vieill' fille !
M'man répondint : Tu f'ras l'malheur de nout' famille !

LE GARS

Et pis ?

LA FILLETTE

Et pis c'est tout, j'on pus ren entendu... (*lui tâtant le visage*)

Quo qu'c'est? Vos yeux, vout'nez i sont tout enfondus !

LE GARS (*avec brusquerie*).

Non! j'te dis! c'est qu'j'ai fred!... Nous vlà au dret d'vout' farme.

Allons ! à bas ! (*il la pose à terre*) t'as pus qu'à galoper... et farme !

(*très doux*). Adieu, mon p'tit poulet !... p'têt' pour toujou... d'main... j'pars !

LA FILLETTE

Là vou ?

LE GARS (*d'une voix brisée*).

Dans les Marsouins... j'vas à Madagascar.

LA FILLETTE (*avec chagrin*).

Vous v'lez donc pas rev'ni ?

LE GARS

Non !.. Si !... Attends ! Acoute :

(*entre haut et bas.*) Dis à ta sœur... tout' seul'... Qu'après d'main...j's'rai en route

Pour là-bas... dans l'batiau... Qu'a d'mand' l'adress' cheux nous,

Et qu'dan un moués, pas pus, pas moins... pour ses troués sous

A prenne un timbe... et pis, tout bell'ment qu'a m'écrive

Ren qu'ça : « Reste là-bas »... ou ben : « J'veux qu'tu rarrives. »

...Fais-moué mignon ! (*il l'embrasse.*) Adieu !... ou ben : au r'vouèr, mon ch'ti !

(*de loin la regardant s'en aller*). Et surtout, oubli' pas !... (*il se prend la tête et se

[*tord de désespoir*). Héla ! héla ! faut-i.

RIDEAU

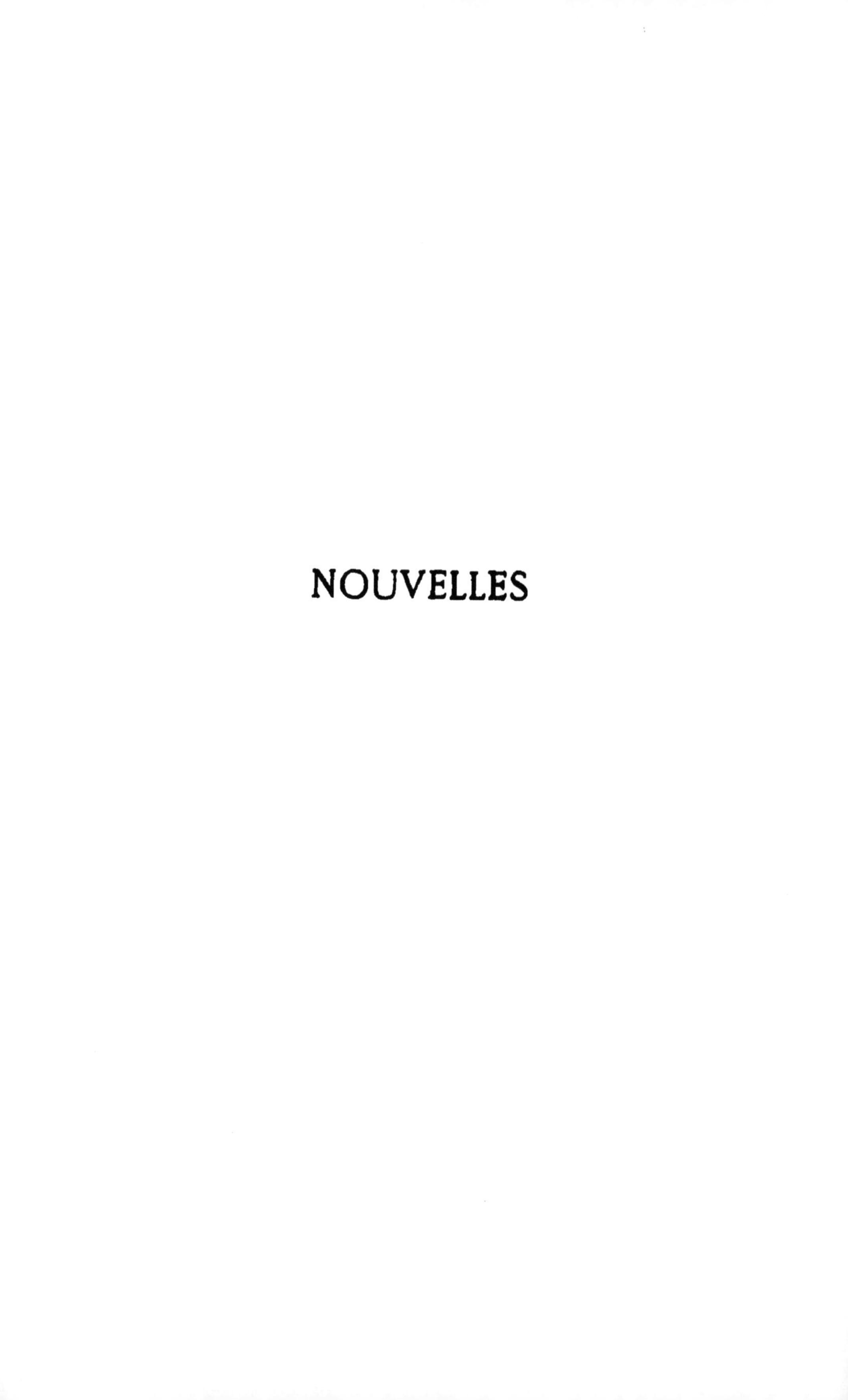

NOUVELLES

L'AFFÉ RÉNIAUD

N'y a évu samedi huit jours, que j'étions à la fousse en train d'guéer l'linge, vlà qu'i n'anrive un monsieu en bicyclette qu'avions eun air tout renfrougné. Ç'atait pas l'embarras vu qu'çatait eun hussier. Pour sûr qu'il tiont point honnête rapport qu'i m'demandit point mon portement et qui m'a s'ment fait r'mise d'un papier.

— Quoué c'est donc qu'ça ? qu'j'i fais.

— C'est eune citation, qu'i dit, pour aller à R'morantin vendredi en police correctionnelle.

— Helà ! bon sang, faut-i ! que j'm'acrie, quo donc qu'j'ons fait, moué que j'sarche toujou à point m'mette dan aucune affé !

Alors i m'a expliqué, c't'houme, que ç'atait point pour me mette en prison, mais qu'ç'atait pour y fé mettre Réniaud, l'sorcier d'Bracieux qui guérissiont les vaches par segret.

Vous pensez si ça m'a donné un coup dans la fersure d'entende ça ! Mette en prison un si boun
houme qu'est d'si bon sarvice pour tout l'monde e
qui fesiont peuyer qu'douze sous par vache ; pendant
qu'les vatarinères i font les monsieux et i font peuyer
troués foués pus char sans compter les bouteilles et
les pilutes et les frotte-moi donc ça !

Quand qu'mon houme il a r'vint d'charrue, j'i dis
l'affé et vlà qu'il enter' dans eune promptitude si tellement conséquente que j'crés qu'si le sapré hussier i y
eut été encore là, i l'auriont ravisé à coups d'fourche.

Moué j'dis : Si j'y allions pas, arrièze ?

— Point d'ça ! qu'i fait ; n'on t'foutrait à l'amende
par sus l'marché ! S'ment, t'as qu'à v eux i di à ces
Bon Dieu d'juges, que d'mette des bounes gens
coume Réniaud dans les peines, c'est pas des affé
à fé !

Allons, c'est dit ! l'vendredi, j'y vas.

Ç'atait marqué su l'papier pour midi. Mais comment fé ? L'train il anrive qu'à midi et demi passé à
R'morantin. D'la manié qu'a fallu parti à six heures
du matin et que j'ons bertellé barçan fouezant berli
berlot dans R'morantin depis six heures et demie
anvec mon parapluie et mon penier au bras ouqu'
j'avions mis un bout d'pain et d'froumage pour man-

ger et pas fé d'dépens cheux ces saprés villotiers-là.

Vlà qu'à midi tapant, j'étions dans l'Palais d'Justice où que n'y avions parsoune encore. Enfin, su les midi et demi, les juges ils entèrent pour s'mette à leux comptouër et pis n'on défile des gardes qu'on y eux i fesint jurer j'sais pas quoué, et après ça des traîniers qu'nous autes j'appelons des rentiers, et qu'avions point l'air fâché d'aller en prison pour l'hivar.

J'm'embêtais ben. Mais toute de méme, ces histouëres là ça m'dessipait un tant si peu. N'empêche que j'me disions à moun à part : Pas la peune de parti d'si boune heure ! Rapport que l'juge du mitan et l'juge su l'coûté il en finissiont par d'débagouler tantôt l'un tantôt l'autre pendant qu'y en aviont deux qu'avions l'air de ben s'endormi et que l'darnier su l'aut'coûté il écrivailliont tout l'temps. Sans compter qu'des foués il tait quexiou d'histouëres de nature et d'fréquentaisons pas toujou comnabes !

En fin des fins, su les cinq heures et demie, vlà que l'bediau i craille : Affé Réniaud ! et pis des tas d'noms après, dont qu'y avait l'mien d'dans. Et n'on emmène tont c'monde-là, excepté Réniaud, dans eune chambre dont auquel que n'on froume la porte.

N'y avait là eun houme que paraît qu'c'est le portier d'l'Etablissement. J'y dis :

— Hélà ! mon cher monsieu ! quo donc qu'n'on va nous fé ?

I s'met à ri. — Vous creyez donc qu'n'on va vous couper l'cou ? qu'i fait. Ayez donc pas peur, n'on vous f'ra ren. V'avez qu'à attende tranquillement.

Tranquillement ! Arrieze ! C'est ben commode à di ! Et l'train qui part dans dix minutes ! Et comben qu'n'on m'donnera pour tout ça !

— Vingt sous ! qu'i dit.

— Vingt sous ! vingt sous ! que j'ons déjà vingt-six sous d'chemin de far et qu'mon houme i m'attend c'souër pour y fé la soupe, et qu'v'allez m'forcer à souper et à coucher icit et qu'mon billet i va ptêt pus êt' bon !!

Mais ces messieux-là il ont réponse à tout. Dans c'qu'est d'l'Administration et des Bureaux et d'tout l'tremblement, n'on vous dit : Ça me regarde pas ! Et pis vlà ! Débrouille-toué, Jean-Piarre !

Heureux encore que n'y avait un houme de témoin anvec nous qu'il tiont v'nu anvec sa vouëture et qui m'a promis, vu qu'il tint d'la Fringale, de m'laisser à troués kiloumètes de cheux nous.

Enfin vlà qu'n'on en appelle pusieurs l'un après l'aute et qu'tout même c'est à mon tour.

N'on m'amène devant les juges et que c'pauve

Reniaud, ç'atait à fende le cœur de l'vouër. Il tiont
là assis auprès des gendarmes et i pleurions : hu !
hu ! toutes les larmes de son corps ! Arrieze !... Un
homme de si bon sarvice !

L'juge du mitan, i m'dit coum'ça d'laisser mon
penier et mon parapluie. Pourquoué fé ? Des manies
à eux ! Mais faut pas les contrarier, ces gens-là, rap-
port que c'est leux métier d'êt' pas toujou mignons !

I m'fait di mon nom et l'petit nom et l'âge et tout.
Pourquoué fé encore ?... Enfin !...

I m'fait l'ver la main. Pas celle-là ! qu'i dit ; l'aute !
et i m'dit d'jurer.

— J'réponds : tout c'que vous voudrez, mon bon
mousieu !

— Pas ça ! qu'i dit. Dites : je l'jure !

Allons ! j'dis : je le jure !

Alors qu'i m'dit : Vous connaissez Réniaud ? Dites
ce que vous savez sur lui.

Dame moué, vlà que j'y en défile sans m'gêner :
Et qu'Réniaud ç'atait un brave houme, de ben bon
sarvice, qu'i m'avions ben guéri deux vaches que
l'une a v'lait pus manger et qu'l'aute a v'lait pus
bouère et qu'rapport à son remède la troësieme alle
avions fini par avouër un viau ; et qu'i prenions pour
ça qu'douze sous par vache et qu'les vatarinères qui

fesiont leux monsieux, il tint ben pus chézants qu'lui et qu'enfin, ç'atait pas des affé à fé que d'mette un homme coume ça dans les peunes.

Tout l'monde i rigollint j'sais pas de quoué, les juges, le bediau et tous les ceuss' qu'ationt donc là là dans c'te grand'chambre qui n'appeliont l'pétouëre. Et ça m'ostinait si tellement que j'me r'tenions à quate pour pas y eux i di : m...!

Et l'juge du mitan, i m'demande quasiment en s'foutant de moué :

— Et qu'est-ce qu'i vous a fé fé comme remède ?

— Ah ! c'est ben simple et ça coûte point char ! Et vous l'ferez si vous v'lez pour vos vaches si a viennent à timber en maladie. I m'a donné eun' p'tit' bouteille anvec des grains d'plomb d'dans pour mette sous la piarre de l'entrée de l'étabe et i m'a dit d'prende les cordes qu'attachions les vaches et d'aller les jitter dans la mare à ménuit en disant troués fouës :

Tu l'as !

Tu l'as pas !

Tu l'auras pas !

Et ça m'a coûté que trente-six sous pour troués vaches et eun'boune goutte que j'i ons peuyée en pus.

— Et ça a réussi ? qu'i dit l'juge.

— Si ça a réussi ? ben sûr que oui ! mon bon monsieur ! La Marroune a s'est r'mise à manger, la Blondine alle a r'bu à plein siau, et la Friquette a n'a évu un viau d'preṁière ! Essayez pour vouër quand qu'ça marchera pas dans voute étabe, et vous vouërez !

— Eh ! ben, qu'i s'acrie comme ça, ma brave femme, Réniaud avoue lui-même que tous ces re-mèdes-là, c'est des attrape-nigaud et alors, qu'i vous a volé voute argent !

— Ah ! ben oui ! qu'j'i réponds. Faut pas m'en conter ! vous. Si Reniaud i dit ça c'est parc'que vous i faites di, ou ben p'tête qu'i n'est corrompé par tous ces vatarinères qui font les monsieux et qui sont tous pus chezants qu'lui !

Et qu'quand ça m'rarrivera, j'irai encore ben l'sarcher en dépit d'tous vos affé d'justice et d'tout l'trembelment, vu qu'tout ça, c'est des segrets qu'Ré-niaud i connaît tout seul et point vous autes ! Et faut l'laisser tranquille, pac'que d'mette dans les peunes eun houme de si bon sarvice, c'est pas des affé à fé !

Mais l'juge i n'a fait : Pu ! en r'montant comme ça ses épaules et i m'a dit : Allez vous assouër !

Et moué, pas honteuse, j'y encore craillé :

— C'est pas des affé à fé ! C'est pas des affé à fé !

Et pis i n'ont marmotté entre zeux et l'juge qui

parle tout l'temps i n'a debagoulé j'sais pas quoué coume par lequel Réniaud il tait condamné à quinze jours de prison et cinquante francs d'amende sous pretesse d'croquerie.

Mais quand qu'j'ons sortu, les autes qu'ations d'témoins et pis moué, j'nous soum's ben promis qu'dans l'occasion j'irions r'trouver Réniaud qu'est d'si bon sarvice et qu'si i fallait j'l'augmenterions d'six sous par vache pour le consoler.

N'on i eux i fera ben vouër à ces Bon Dieu d'juges de malheur que tout c'qui font là, c'est pas des affé à fé.

LA TOURNÉE AU PÉ FOURCHIAUD

Un souër, cheux l'cabaretier Clovis, il taient quatre bon gars d'Courmémin qui fesiont la manille, savouër qui qui peyerait la consoumation. En fin de compte, ça fut ce grous réjoui de Leloup, l'menusier, un malin pourtant à ce jeu-là, qui zévut l'honneur de régaler les camarades. Preuve que s'atait aussi des gars rapides pour c'qu'est des cartes !

Pour lors, l'un des troués regalés i dit qu'i dit coum'ça en disant, dit-il : Ah ! mon Loup, j'creyais pourtant que quand qu'il tait quexion d'peuyer à la manille, t'en voulais pas pus savouër que l'pé Fourchiaud !

N'on était gai et du coup tout l'cabaret i n'en péta d'rire. Faut di que l'Pé Fourchiaud, depis l'temps qu'n'on l'counaissait dans l'pays, n'on l'avait ben vu queuqu'foués s'rincer l'gourganiau pour c'qu'atait du dépens des autes, mais lui i peuyait jamais ren en tout à parsoune et qu'n'on l'avait sobriqueté Trinqualœil rapport à ça.

Mais vla qu'su c'te parole, Leloup i s'arrêtions tout d'un coup de ri, qu'i tapiont un grand coup de poing su la tabe et qu'i s'acrie : « Sacré bonsouër de bon d'là d'nom de goui ! J'parie quat'bouteilles de vin bouché qu'd'ici en six moués, *recta*, je l'fais trinquer, et pas à l'œil !

Les autes qu'ataient donc Molat l'charron, Franchet l'tailleur et Juliotaud l'mâçon, i s'mettent à ribouller des yeux coum' des lantarnes de zautos d'entend' di ; eune affé si tellement fantassine.

Et qu'Molat i dit coum'ça : Ben, mon Leloup, t'es pas honteux !

Et qu'Franchet i craille : T'as donc mangé d'la bourdanne ?

Et qu'Juliotaud i disiont ren mais qu'i pensions à soun à part : J'l'on pourtant jamais counu pour eun indiot !

Mais Leloup i récidive de voulouër parier et n'on fait finalement convenance de quatre bouteilles de vin bouché dans les six moués.

C'est en disant que j'dis qu'faut vous espliquer eun' drôle d'histouère :

L'Pé Fourchiaud il tait ben riche pour un paisan, vu qu'il aviont un p'tit fé valouër d'au moins sept-huit z'hectares anvec troués vaches et cinq-six bosselées d'veigne; mais il tait ben pour l'éco-lomie et son bas d'laine, n'on l'disait conséquent. Il aviont, y a en par de d'là sept ans, acheté du Loup, au rabais, eune bière toute neuve que c'berlaud d'menusier il aviont faite trop petite pour Rautien, l'marchand d'cochons qu'atait defeu à l'époque.

Fourchiaud i s'disions : C'est toujou ça d'gangné et coum'ça j's'rai sûr que mes enfants i m'foutront pas du boués blanc ! Vu qu'la bière all'tait en chêne de première.

S'ment, l'bounhoume, arrièze, depuis que soun aîné il étiont rev'nu du sarvice et que son cadet il aviont dix-huit ans, i fesait ben un peu l'monsieu et i travailliont pus si fort; de la manière qu'il engraissiont et que ses estoumacs et sa berdouille n'on aurait dit qu'is auriont été piqués des caqueziaux. Et pis qu'en plus, d'à cause qu'i d'venions pus vieux, son dous i rmontint qu'il en étiont un peu hottu, coum' n'on vouet des foués les veignerons d'Lanthenay et d'ailleurs.

Vlà qu'troués jours pus tard, c'te ch'nille de

Leloup i fait rencontre du Pé Fourchiaud dans l'bourg. I i d'mande son portement et l'bounhoume i i fait reponse : Ça va ben.

— Pour sûr ! Ça s'vouët ! qu'i replique Leloup, même que vous profitez biaucoup !... Dites donc, qu'i i fait comm'ça sans avouér l'air, du train qu'v'allez, voute bière a va d'veni trop p'tite et faurait p'tèt' ben vouër à i mette des alèzes.

— Tu crés-t-i, toué, gars ? qu'i dit Fourchiaud, tu m'dis p'tèt'ben ça pour te fé du travail et m'soutirer encore queuqu'sous ?

— Vous voudriez pas, tout d'méme ! qu'i dit Leloup, et faurait pas qu'après, si v'êtes mal dans vout' bouëtte, vous vinrez me fé la baillée pour ça après voute entarr'ment.

Et i z'i pousse en douceur : n'on pourrait toujou essayer si ça va.

Là-dessus Fourchiaud i répond : T'as d'la ju tout' d'mème ! Faut vouër. Vins donc d'main matin.

Vlà que l'lendemain, coum' de jusse, Leloup il anrive cheux Fourchiaud anvec son diabe, qu'est donc sa vouëture à bras, et pis son compagnon.

— Pourquoué qu'tamènes ta vouëture et ton ouverier ? qu'i d'mande Fourchiaud.

Alors, Leloup, qu'il tait serieux comme un âne

qui bouét dan un siau, i dit : Dam ! si vout bière a va pus, j'la remporterai a l'atelier pour la ragrandi !

Donc, ça va ben : n'on met la bière par terre, et le vieux i s'allonge dedans : Ça marchera-t-i ? qu'i fait.

— J'allons vouër, dit Leloup, faut mette le couvarque.

Et i met l'couvarque : N'on va vouër anvec les vis, à présent !

Et pis v'là 'qu'i tire son tournevis de sa poche et qu'i dit à son compagnon d'n'en fér' tout'de méme. Et v'là qu'i vissent le bounhoume dans la bière ; ils l'enleuvent, i l'chargent su l'diabe, et, fouette cocher ! les vlà partis !

Fourchiaud, dans l'coummenc'ment i disiont ren, mais quand qu'il a sentu que l'diabe i rouliont, vlà qu'i veut sorti. J't'en fiche ! I peuvait point pisqu'il tait enfroumé. I peuvait fé' que d'grabotter et d'fernouiller rapport qu'il tait ben à l'étrouet et tout l'long du ch'min i n'accrasinait d'sottises les deux menusiers. Et i m'naciont des gendarmes, du juge de paix et du Procureur de la République, mais eux i rigollaint et i z'en prenaint que pus fort l'pas d'gymnastique.

Quant' c'est qu'ils l'eurent zévu amené d'vant

l'cabaret à Clovis, là, allons! i dechargiont mon Fourchiaud toujou embouëté et qui gueuliont coume un cochon qu'n'on mene à la fouëre. Et i l'portent coum'ça dans la salle. Et Leloup i cogne su la bière : Toc! toc! toc!

— V'êtes donc pas ben, là-d'dans, Pé Fourchiaud ?

— Salaud! qu'i grogne l'aute, veux-tu ouvri ?

— Pas d'vant qu'v'ayez promis vout' parole la pus sacrée qu'v'allez payer quat' bouteilles, et du bon ; rapport à un pari qu' j'ons fait et qu'faut qu'je l'gangne !

Et Fourchiaud, vous pensez si i marronnait là-d'dans du dépit qu'i n'n'aviont et pis qu'i s'sentiont étouffer ! Enfin i promet tout' de méme.

Alors Leloup i dit à la fille d'aller qu'ri du meilleur à sa cave et i renvoyint son compagnon dire de v'ni à Molat, Franchet et Juliotaud, et pendant c'temps-là i n'a devissé l'couvarque.

Les gars il arriviont coume le vieux i sortiont de la bouëtte, ben camaud.

Mais l'vin il tait bon et n'on est point méchant cheux nous. Si tellement que l'bounhoume Fourchiaud qui coumenciont à pus ête ben ressant, i finit par taper su l'vente au Loup et i s'a acrié : Sacré cochon ! C'est ben joué ! et t'es tout d'même pas emprunté !

Et poussibelment que Leloup i pourrait ben dev'ni l'gende au Pé Fourchiaud, vu qu'i tréquentiont, paraît, anvec la Silvine qu'est donc eune des bessounes au vieux.

A Auguetin Mallet.

LA RÉPONSE A RISTIDE

Nout' monsieu qu'a acheté l'châtiau d'Bignoux y a cinq ans, c'est un Parisien qu'est peinte. Pas un peinte coum' ceuss' de R'morantin qui peignont anvec des pétits siaux et eune grande échelle. Lui, il aviont qu'des p'tits pinciaux et i passe son pouce dans eune planche qu'a un trou et où qu'i z'y met, sauf vout' respect, des p'tits cacas d'peinture dessus.

I tire tout en poltrait : les âbres les pus ch'tits et les plus tortillés ; et ceuss's qui sont ben faits, ben drets, i les r'garde s'ment pas. Et i paye la jornée aux houmes, aux femmes, aux drôles et aux drôlines pour se laisser tirer. Même que n'y a huit jours, il aviont fait l'poltrait d'ma femme en train d'tirer sa vache ; que je comprends pas çà, vu que c'est pas ben estrordinaire.

Enfin des idées d'Paris, quoué ?

N'empêche que n'on l'a décoré pour fé c'métier-là

et qu'il est ben ami anvec des gens décorés aussit et qu'c'est pas du vin d'sucre ! I vint l'vouër des députés, des ministes, des comédiens et des savants dans toutes les parties.

Ya en par ded'là une quinzaine, i n'en est v'nu un, un ben grand savant, paraît ; qu'il est maîte d'école dans un collège qu'il appelions l'Muséon, mais ça l'empêche pas d'ête tout d'même ben sale.

Arrièze, i n'a des souliers tout tournés, un pantalon nouër tout rapé aux g'noux, un vieux paletiot nouër anvec des taches partout, eune cravate blanche qui l'est point trop et un chapiau d'aute forme que n'on dirait qu'les lumas i s'sont proum'né d'ssus et qui rougissiont coume eune mariée.

Poar en fini, c'monsieu là il est quasiment pas si chouette que nout' conseiller d'arrondissement quand qu'il est sus son trente-et-un pour aller au banquet du Coumice.

Mais l'valet d'chambe à Monsieu, qui s'y counaît, i dit coume ça qu'les grands savants, c'est si occupé d'un tas d'affé qu'il aviont pas l'temps de penser aux chouses de lavement et d'properté.

Donc, j'étions après façouner la veigne du châtiau anvec mon gars Ristide, quand que j'voyons l'monsieu savant qu'arriviont d'noute coûté en lisant dan un live. Vlà qu'i vint jusque tout près, qu'i leuve les yeux par sus ses lunettes et i nous dit : Bonjour, braves gens !

Nous, j'y répondons : Ben l'bonjou, monsieu !

Et pis, i s'met coume ça à nous causer ; point fiar. Et i parle de veigne, que n'on voyait ben qu'i saviont c'que ç'atait ; et pis d'la végétation et pis coume c'est fait les plantes, et leux cellutes, et leux pisse-t-i, et leux peau d'laine. Et i n'a raconté que tout c'que ya sus la terre ça avait pas toujou été coume ça, qu'dans les temps anciens, y aviont évu des plantes et des bêtes *durimentaires*, que ça s'avait perfectiouné et qu'ça aviont fini par fé des houmes.

Compernez ben qu'n'on s'arreuillait tous les deux Ristide en entendant tout ça. N'on savait point trop c'qui vouliont di et ça m'paraissiont, à moué, ben drôle d'apprende que les houmes ça s'atait pas toujou fait coume j'ons fait mes enfants.

Alors vlà qui s'emmanche dans eune litanie qu' ç'atait a pus ren y vouër : que n'y en aviont qui descendiont du lion, d'autes de l'aléphant, d'autes du singe et qu'ça s'voyait encore sus leux figure.

Nous, les vieux d'Sologne, j'soumes toujou polis et malgré que l'monsieu i m' paraissiont ben divarse,

j'branlions la tête de temps en temps coume pour
di : C'est ben ça !

Mais mon sapré Ristide qu'a pas pus d'quatorze
ans, i rigolliont qu' ç'atait abonimabe et j'avions
biau i fé des coins d'zieux, il arrêtiont pas.

Dame, voyez-vous, les jûnes houmes d'aujord'hui,
c'est pus ça nous, sans compter qu'mon drôle il est
fantassin coume vingt-cinq diabes, et qu' faut qu'i
blague coume un chineux qui vend d'la vaisselle. Et
pis, est-ce pas ? Ç't'enfant ça sait pas encore !

Donc, vlà Ristide qui i d'mande :

— Eh ben, monsieu, pisque vous voyez si ben,
d'quel armimal les gens i d'viennent, pourrez-vous
point di d'où qu'i descend mon p'pa ?

Alors, le savant, i me r'garde et i dit tout sérieux :

— Parfaitement. La forme du visage... le nez
pointu... les yeux petits... la souche mère est certai-
nement le furet !

Vlà Ristide qui s'met à ri à s'en prende le vente
dans ses deux mains.

— Mais c'est évident, qui s'acrie l'aute, et ça se
voit encore mieux chez vous, jeune homme !

Et l'sacré gars, vlà-t-i pas qu'i zieute le monsieu
depuis ses souliers éculés jusqu'à son chapiau crasseux
et qu'i replique :

— Et vous, monsieu, vous savez-t-i d'où qu'vous descendez ?

L'savant il attendiont sans ren di. Moué, je m'disions : Héla ! héla ! quo donc qu'i va arriver ?

Et Ristide, point honteux, vlà qu'i z'i dit :

— Eh ! ben, sauf voute respect, j'cré qu'vous descendez du cochon !

Et l'maîte d'école i s'est en allé anvec ça dans sa mallette.

Coume de jusse, j'ons tiré les oreilles à mon Ristide et sus l'coup d'eune heure, j'ons été au châtiau, faire excuse à Monsieu qu' j'ons trouvé en train d'fumer dans l'parc après déjeûner anvec soun ami l'savant.

J'l'ons prié de v'ni à queuqu'pas, et j'i ons raconté l'histouëre, ben empêtré d'laffé, et j'i ons d'mandé ben pardon, vu qu' j'étions en crainte que rapport à ça, i m'mette en route à la Toussaint.

Mais point ! I n'a ri, i n'a ri qu'ç'atait eune béne-diction ! Et i m'a dit : Ça n'est rien, allez, bon-homme ! Vous inquiétez pas !.

Et, en s'en allant, j'l'entendions qui disiont au savant !

— Ah ! mon vieux ! tu crois que les Solognots go-beront tes blagues comme tes élèves du Muséum ! Tu t'es fait donner une leçon qui vaut bien les tiennes !

LE LAIT DE CHIEUVE

... Tout en marchand, le père Finot me dit :

— V'avez ben counu monsieu Martinet, d'la Morinière, qu'il a vécu si vieux et qu'il étiont d'si bon conseil. Eh ben, j'y ai entendu di ben des foués :

— Mes enfants, le génie de l'homme est une chose merveilleuse ! On ne sait pas tout ce qu'il peut inventer !

C'est pour ça qu'après qu' j'ons vu l'chemin d'far, les bicyclettes et les autos qui mangent point d'avouene, que n'on entend parler par les journiaux d'ballons qui vont où qu'non veut, et d'bâtiaux qui marchiont au fond d'la mar, j'crés que n'y a pus ren d'impossibe.

Pourtant j'ai ben queuqu'doutance su eune affé qu' l'aut jou Pétat i m'a racontée, vu qu' sa saprée fumelle a pourrait ben l'avouër foutu d'dans rapport à eune fréquentation préshibée.

Enfin, j'men vas vous di ça quant méme, ça s'rait-i qu'pour rigoller.

Donc, coume i dit Petat, i renter' cheux lui pus toût qu'i n' n'avions dit, et coume i marchiont dans la cour su l'fumier et les pécès d'paille, i faisiont point d'bruit. Vlà qu'i vouët sa femme, qu'est donc un joli brin d'femme anvec des yeux nouërs à la pardition d' soun âme, qu'alle i tournint l'dous en baissant l'nez pour ergarder dans ses mains. Pour sûr qu'alle attendiont pas soun houme si tout qu'ça.

Vlà qu'il avance tout doux et quo qu'i vouët par sus son épaule ? Cinq louis d'vingt francs dans l'creux d'sa main !

Petat qu'il est point riche et qu'non dit même qu'i n'a ben du mal à peuyer son farmage, i s'acrie : Quo qu' c'est qu'ça ?

Et la Petat a s'acrie d'son coûté : Héla ! faut-i ! D'la surprise qu'a n' n'aviont.

— D'où qu'ça te d'vint tout ça ? qu'i dit tout chaviré.

L'autre a i fait repoñse : J'vas t'di !... J'va t'di !... Tu m'as fait eun' peur !... Que tu m'en f'ras tourner les sangs !

Et pis a réfléchit un p'tit moment et all' l'emmène

dans la méson, a froume la porte et a s'met a i defiler eune histouëre qu'il en r'veniont pas.

Figure-toué, qu'a dit, que j'coummencions d'tirer la chieuve Fanchette, celle qu'a l'diabe dans l'corps et qui sautint par sus les bouchetures aussi ligèrement que tu boués un varr' de vin ; vlà qu'j'entends su la route eune chouse qui faisiont : toup ! toup ! toup ! toup !

Je m'dis : Vlà encore un sacré bon sang d'auto. Et j'er'garde dihors.

C'en était ben un, qu'il enter' dans la cour et qu'i s'arrete. I descend un grous monsieu, un fort houme, que j'parierions ben pour lui si i faisiont la lutte dans les baraques de la fouëre de Plisson à R'morantin, et pis aussi eun aute houme qu'aviont du d'or su la visière de sa casquette.

L'premier, qu'aviont l'air d'ête le maîte, i m'dit ben coun'nabelment :

— Madame, auriez-vous l'obligeance de m'donner un seau d'eau pour mon moteur ?

— J'i fait reponse : Y a ben moyen d'ça. Et coume j'avions mon tireux à la main, j'pense pas s'ment que n'y avait d'dans un peu d'lait d'la Fanchette, j'vas au puits, j'remplis l'tireux et j'y doune.

C'est bon ! I n'enfile ça dans sa machine anvec eun

entounouër, i tourne la manivelle et ça se r'met à
ronfler. Et pis i m'dit marci, i m'doune vingt sous et
i r'part. Mais l'pus drôle c'est qu'en tournant autour
d'la cour, i rencontre l'égoût du feumier et la saprée
vouëture du diabe qu'atait pourtant ben grousse, a
s'enleuve en l'air et plouf ! a saute par su l'jus
d'feumier sans s'mouiller ! A continue, alle arrive au
caniviau d'la route et plouf ! vlà qu'a saute encore !
Sus la route n'y aviont du crottin de chual, plouf ! a
saute encore par dessus ?

Du coup, l'monsieu i s'arrête, i descend coume
un furieux et vlà qu'i r'vint en courant tant qu'i
peuviont aller. J'avions si tellement peur que j'en
restions là coume deguersillée. Et l'monsieu i vint à
moué qu'i n'en soufflait coume eune nuée d'grêle.
Et i craillont :

— Qu'est-ce que c'est que c't'eau-là ? Qu'est-ce
que c'est que c't'eau-là ?

J'avions seul'ment pas la force d'appeler à moun
aïde ; j'essaye de m'ensauver, maix vlà qui m'rat-
trape, i m'empoigne, i m'tourne, i m'vire, i m'enleuve
coume une pougnée d'liquière et y craillons toujou
en me secouant coume un preunier :

— Qu'est-ce que c'est que c't'eau-là ? Qu'est-ce
que vous avez mis là-dedans ?

Tout d'même, malgré la motion qu'ça m'en faisiont claquer les dents, j'y dis tout en tremblant :

— M'fait's point de mal ! C'est ren ! C'est p'têt' ben que n'y avait un peu d'lait à Fanchette.

— Qui ça ? Fanchette ? qu'i s'acrie.

— C'est ma chieuve ! que j'dis.

Là-dessus, vlà qu'i m'embrasse à la grande papée et i disiont tout le temps : Superbe ! Magnifique ! Merveilleux ! Vous m'avez fait trouver l'automobile de steeple ! Quelle découverte ! Ça mérite une récompense !

Et pis dame, i me r'pose par tarre, i tire son portemounaie et i m'doune ça. Tu crés pas si j'savions où qu'j'en étions !

Alors j'y ai d'mandé : Qui donc qu'vou êtes, monsieu ?

Et i s'a rengorgé et i n'a répond :

— J'suis l'comte de Dion, député. Vive l'Empereur !

Et i n'a r'monté dans son auto qu'a r'partu en sautant comme Fanchette, quand qu'alle est en gaîté.

Et vlà ! !

Eh ben, c'en est-i eune affé, ça ? demanda mon interlocuteur.

J'm'ai dit en premier : leu cinq louis et l'histouère

i pourriont ben v'ni d'un biau monsieu que j'voulins point vous'lommer et qu'il a l'air de pas cracher su la Petat.

Mais enfin, n'on sait jamais ! L'lait d'chieuve i pourriont poussibelment fé sauter les autos. N'on a vu des chouses pus drôles que ça et coume i disiont defeu monsieu Martinet :

— N'on sait point tout c'qu' l'génie d'l'houme i peut éventer !

Et mon Solognot ajouta, finaud :

— Et celui des Bon Dieu d'fumelles non pus ! !

LETTRE D'UN GARDE

Monsieu Lariflat, conseillé d'Eta, Hôtele des Roches Nouëres — Trouville.

—

Château de Bois-Raffouard
par Neung sur Beuvron.

(Loir-et-Cher).

13 aous 190...

Monsieur,

Depis que jons évu selui d'acrire en darenier à Mocieu, i sapacé des affé de grand conséquance que jan demande pardon à Mosieux, més que cés convenabe que je l'dis a Mossieu.

An premié, cés eune affé pour la péche dan le Beuvron dont que cés un lommé Piedalouette quan és l'oteur. Vlà quo qu'cés :

Devant-hiar, an revnant dejûner amidi, ma fame amdi coumça : N'y a un galvodeu qu'é antrain de peûché dan la riviare au dret de la taille de Cuterreu et i s'a conporté aurgard de moué coume un salo.

Je passiont par la en rem'nant de cheu Françouëse et je vouët eun houme qu'avions l'dous tourné et qui survaillons toute eune battrie de leignes. Par la sirconstanse de la chouse que je voyin poin sa figure, je creyais que s'atait Mimile le fi au meunier ; més poin.

Ji di en passant : Et ben sa va la peuche ? I se r'tourne. S'atait poin Mimile, s'atait un que je counaission pas.

— Sa va ben, qui répond. Si vous vlez je va vou vande un joli brouchetouniot poin char.

Pour lor i tire d'eune malette en touële qui n'avion en couté de lui un brouchet de deux lives, deux lives et demi.

— Van vlez-ti pour quarente sous, qu'i fait.

Je me dit : Sa, sés un bracounié. Faut taché de çavouër qui que sés et je me met a marchandé le brouchet et dans le debat que n'y aviont, j'i di :

— Jan veu poin. Il est aux œux.

La dessu vlà qui se leuve.

— Aux œux ! aux œux ! qui di en rigolant. Et vou, la ptite mére, vêtes-ti aux œux ou au lait.

Et pis vla qui saproche et qui dí : Je veut vouer. Et i me met eune main su le vente et eune aute su les estoumas. Je te lerpousse ben fort, més vla qui vouliont residivé. Alor la prontitude a me pran, ji flanque une morniffe atout cacé et je m'ansauve du couté de la route qué donc pas loin. I m'a ben pressuivi més il a poin put m'atrapé. N'y aviont eune charette qu'a passiont su la route dont que sa l'a ravisé.

Et s'est coum'ça.

Dame, Monsieu i douet ben comprande que jions couru toude suit. Je trouve mon gats assi ben tranquil mant antrain de continué a leigner coume eun houme su qui qui a ren aredi.

— Quoque vou fouté là, que je di, à peuché ; que vou avé pas la parmission ?

— Non peu pus prande eune fritur maintenan, qui répond, alor ia pu de bouneur.

— Je vas vou fé vouer sa, que je repliq, coment que vou vou aplez ?

Alor i me tant un livré douverier serusier ou quil tait son nom Piedalouette Abel et pis gaire auter chouse vu que ben sure il é en éta de vacaponage. J'i déclaire proucé-varbale eji di :

— A présan sés pu affé au garde. T'as demendé a ma fame si alltint aux œux ou au lait. Et que sés in desant et méme que sés pas convenabe. Et tu ias touché lavou que je yai drouet tout ceul.

— Alor qui repiq, si on peu pus êt' galan anvec les dame, ia pu de bouneur.

Et moué di ranvoyé : Pu de bouneur, pu de bou-
neur ! t'a que sa au becque, sacré trénier.

— Je veu pas que tu me tuteye qui craille ; spèce
de chian de basse-court. Attan, je te va fé vouer si
je sis un trénier.

La desu c'mocieu i ramas eune grousse canne quil
aviont par tare et i fé le mouliné. Més moué je pran
ben moun ocasion, jatrape la cane au vole, j'am-
pogne le gats et ji fou la téte en pic dan la riviare.
Liau alltait pas ben profond é i san nés ben tiré,
més moué je yai confisquai son brouchet que jon
mangé a diné en poure de la reparacion à moun
oneure.

Je cré ben que monsieu i m'apreuvra vu que jon
fé que mon devouere.

A presan vla eune aute chouse.

Hiar souer a onse eure que jetion couchai anvec
ma fame, vla que jantan à la porte l'aute garde Bibard
qui cognin et qui dision : Lampalé, Lampalé, leuve
toué ben vite. Je sôte du li an pallette et je va ouvri.
Bibard i me dit : Sa tir dan les chôme de la Barbou-
nière. I na deja peté au moin 15 cou de fusit. Acouté
vouër.

Et coume de jusse jantan : Pin ! pin ! Je mabille
en deu tan troués mouvemans, je cour sarcher Baron

mon chian de douenier, je le musele, je l'an mène en lése et nous vla parti.

I fesiont pu nouer que dan eune soutane et la pleue a crachouenet.

— Biau tan pour la chasse à la lantarne, que je di.

— Pour çur, qui fé Bibard, que sa douet ben éte des lantarnier.

Et sa petiont que de pu beule et Pin' et Pin ! que satait coume qui dirai la ptite guarre. Anfin j'anrivons dan lé chôme. S'atait des lantarnier quil aliont devars la farme de la Griffoune. Je dit a Bibard qu'i cour coume un chevreul quil est :

— Fé poin de brui, fé le gran toure et capi-toué dan le toussé de la route. Moué je lessuit et quand qui seron pré de y anriver, je lache Baron et je leux tombon su le pouël.

Et sa ya été coume sa que je di. Je les suivint et a toute foué qui tuint queuque gibié i rigoliont et i dision : Nan vla ancore un que le bourjoués i san degressera pas les dants.

Anfin quan qu'il on été a vin mète de la route, je lache Baron et gidi : Ardi, mon gats ! vlà qui par et moué aussite. Je vouet la lantarne qui sôte en lar et j'antand le chian qui grognont hon, hon ! Et l'houme i craillai bela, hela, a moun aïde !

Aplé le chian ! Aplé le chian ! Non se sovra pas !

Més Baron i pilliont dsus et farme. Et mon bou-
noume iltait tou roulé par tare rapor au chian quet
ben grous et quil l'aplatissiont toute foués qui vlait
se relver. Tou deméme j'anrive desus zeux, ji met
a min au colet et j'atrape Baron par la piau du cout.

Pandimant ce tan la j'antandiont Bibard qu'il tait
antraiu de se colter anvec l'houme au fusit et que
j'atai ben ampeûtré, vu que si javiont relaché Baron,
il auriont ptète ben pillé su Bibard au lieux de l'aute.
Anfin i craille Bibard : je le tins ! — Ameune-le
que j'i dit. I l'ameune, mais on voyet ren, rapor que
la sacré lantarne a s'atait eteindu.

Alor je dit aux gats : Meuttez-vou en coûté l'un
de l'aute et le premié qui bouge, ji relache le chian.
Et je dit à Bibard : Raleume don la lantarne.

Bibard i raleume eune des bouji et i la foure sou
le nét du gât de drouete. Qui que satait ? Jamet
monsieu i pouriont san douté. Et ben, satait Josephe
le coché à Madam. Non eclére apré sa le gat de gô-
che. Vla que je dépeignont Farnant, le valet de
chambe à Monssieut.

Et vla ces gats-là qui chinions tout le tan les garde
à Mocieu, quil passiont leux nuit à tuét le gibié à
Mosieu anvec le meuyeux fusit et lé cartouche à

Mossieu pandant que Monsieut i pran les bin de mar.

Je les on rameuné au châtiau a cou de piet dans le darrié, sofre le respeq que je douét a Monsieu. Et je leur zi on décléré prousés-varbale.

Moncieu i n'en fra se qui voura.

Pour nan tarminé, fot di à Mosieu que malgret le var rouges jon pa male réuci l'ellevage. Moncieu i poura c'tannée auffri queuque beule battu a sés Parisiens d'Orléan, de Bloués et méme de Paris ;

Vu que dan lé tourné que je fesint, je voyint ben que le fésan il est concequent, que la parderis allet jiboyeuse et que le lieuve i pilule. Tan qu'au lapins i crevint ben du grous vente.

Pu ren a marquét à Monsieux.

Que je le saluon ben anvec respèq.

Julien LAMPALÉ,
garde chéfe.

LA CAVE DU CHATIAU DE LA MINOTTERIE

Le châtiau d'la Minotterie, il apparteniont en dar-
nier à mamzell' de Massacré qu'a trépassé presqu'en
mém'temps que son frére qu'atait donc dan eune
méson d'fous. A c'moment-là, leux hériquiers il
aviont renvoyé Gibouëre, le garde à la vieille de-
mouëzelle, vu qu'i i eux conv'nait pas et Mon-
sieu le chualier d'Barnique qui m'counaissiont d'pis
ben longtemps, i m'aviont dit : Pé Portebas, si vous
v'lez, vous gard'rez l'châtiau jusqu'à c'que n'on
l'vende.

J'avions accepté en m'disant qu'après ça j'irion
planter mé choux coume un bourgeoués, vu qu'j'ons
un p'tit bien. Seul'ment, est-ce pas ? ç'atait eun' ma-
niére de recolter encore queuque argent auparavant
que d'me r'tirer. Mais ça plaisait guère à ma fame

rapport qu'a disiont qu'dans c'te vieille méson-là, ça d'vait ête plein d'birettes et d'rabâteux.

Moué, j'crés pas à ça ; pourtant j'suis pas ben sûr et des foués, j'y crés tout' de même, tout en i creyant point. N'on est béte arrièze, et n'on s'dit : Tous ces affé-là j'les crés pas possibes. Et en mém'temps n'on refleuchit : Y en a tant qui l'creyaint que pourrait ben y avouër queut'chouse de vrai.

Enfin, n'importe ! J'nous installons donc dans la cuisine du châtiau et nous vlà ben aises à ren fé qu'à garder la méson, et qu'ç'atait ben agriabe, vu que n'y avions qu'à montrer tout l'bâtiment depis la cave jusqu'au guernier aux Monsieux et aux Dames qu'ai-ment vouër c'qu'est antique et qui vous laissent tou-jou eune boune pièce.

Monsieu le chualier d'Barnique i m'aviont fait ma l'çon pour raconter à tous ces visiteux-là et i m'aviont dit que l'châtiau il aviont été construir en 1452 par un seigneur qu'atait donc gendarme et qui s'lom-miont Jacques de la Minott'rie et qu'il aviont em-peûché le Roué d'ête pris prisonnier queuqu'part en Italie, c'qu'atait ben joli pour un simple gendarme. Et quand qu'i n'aviont creusé dans la cave du châ-tiau le p'tit renfroumé où qu'i vlait mette son vin bouché, il aviont sortu eune fontaine si tell'ment consequente qu'alle aviont tout inondé l'pays et qu'n'on atait obligé d'aller sus des noües (c'est des radiaux en bottes de jonc) pour se refugier sus les tombelles que n'y a pas loin d'l'étang d'la Gibardière.

Et l'seigneur gendarme i s'aviont ensauvé ben vite dessur son meilleux chual et il aviont été tout pressimi jusqu'à Bloués, à pus d'huit lieues d'là pour sarcher l'Avêque qu'atait, parait, coume qui dirait un sorcier du Bon Dieu, vu qui fesiont des miraques pus souvent que je n'changeons d'chemise.

Pour lors, Jacques de la Minott'rie il aviont d'mandé à l'Avéque de v'ni au galop pour rarranger les affé, en i disant qu'c'atait ben preussé et qu'i i doun'rait en pour vingt soutanes dorées anvec la casquette appareillée. E l'Avéque i n'atait v'nu jusqu'au bord de l'iau et i s'aviont acrié : Helà, faut-i! que d'iau! mes enfants! que d'iau! On y avait fait eun' grand' noüe tout asprés où qu'il tiont montés anvec la crouex, la banniére et les enfants d'chœur qui braillaint des litanies et pis la Minott'rie aussit, qu'atait ben curieux d'vouër coument qu'ça f'rait. Et n'on les avait conduits coume ça toujou braillant jusqu'auprès d'la fontaine et là, l'Avéque il aviont l'vé troués douëgts en disant pusieux foués :

— Va, tu ris trop! va, tu ris trop! ça, t'en as!

Et la d'ssus, la sapré fontaine du Diabe, alle aviont tout r'sucé d'eun' force ! que c'atait coume cinquante œillards d'étang qui tireriont à la foués et qu'ça faisiont une entounoër si tell'ment rapide que la noūe, si alle aviont pas été encanchée enter' des grands âbres, alle auriont été sucée anvec l'Avéque, les bediaux, les enfants d'chœur et l'Seigneur de la Minott'rie par sus l'marché.

Et quand qu' tout' l'iau alle avait été partie, l'Avéque i n'aviont dit à la Minott'rie :

— Jacques, mon garçon, dépeûch' toué d'fé .fé eun' petit' cave autour du trou et t'y f'ras mette eun' boune porte en far et qu'tu gard'ras la clé. Mais si jamais queuqu's uns, ça s'rait-i dans cent ans, ça s'rait-i dans mille, dans dix mille années, i s'avisiont d'ouvri la porte, la fontaine a r'sortirait et a ney'rait tout l'pays d'Sologne depis R'morantin jusqu'à Bloués et d'pis la Motte jusqu'à Contres.

Et la Minott'rie il aviont ben r'marcié l'Avéque et i i avions douné, suivant la conv'nance, les vingt soutanes et les vingt casquettes.

Et i n'aviont fé fé la cave coume ça qu'l'Avéque i n'aviont dit et i n'aviont accroché la clé d'la porte en far à un clou doré dans la chapeule du châtiau, dont qu'parsoune depis il aviont osé y toucher.

Coume de jusse, j'racontions c't'histouëre-là à tous ceuss' qui v'aint vouër el'châtiau et jamais i disiont l'contrare. Queuqu's uns i n'en rigollaint un tant si peu, mais les Dames, n'on voyait ben qu'a creyaint qu'ç'atait vrai.

Moué, j'avions queuqu' doutance quant'méme et ça m'demangiont ben d'aller ouvri c'te porte en far, ren qu'pour vouër quo qu'ça f'rait, mais dame, j'osions point pac'que n'on sait jamais ! J'disions souvent's foués à ma femme : Ya pas ! faut qu' je l'ouver ! Mais a jouëgnons les mains en m'disant : Moun houme ! moun houme ! faut pas fé ça, pisque l'Avéque il l'a defend !

Un biau jour, v'la qu'i vint un Monsieu pour vouër el'châtiau. Je l'counaissions ben d'à cause que j'l'avions ben vu des foués à la chasse cheux moun ancien maîte. I m' fait ben des amitiés et n'on atait ben content d'se r'vouër. J'i debagoule toute l'histouëre de la fontaine, que ça aviont l'air de ben l'amuser.

C'est que c'monsieu-là, i cret point à tout ça qu'i n'appeuliont des histouëres à dormi d'bout. Et i va guère à la messe que pour les noces et les entarr'ments et i dit qu'tout c'que n'on raconte de rabâteux, d'birettes et d'miraques et qu'cetera, c'est des supartitions qu' n'on foure dans la téte du p'tit monde pour qu'i pense point à ête héreux avant l'Paradis.

Donc vlà qu'i m'dit :

— Coument, Pé Portebas, vous qu'alliez si ben sarvir un sanguelier au farme, vous auriez peur d'aller ouvri la porte en far ?

Et i n'ajoute tout bas : Farceur, allez ! voute chualier d'Barnique i sait ben c'que n'y a là-d'dans et les proupriétares de la Minott'rie i s'transmettent el' segret d'l'histouëre qui n'ont eventée pour pas qu'parsoune i soye tenté d'aller i subtiliser leux vin bouché. Savez-vous ben c'que n'y a dans c'te cave ? Et ben, c'est le pus vieux vin d'mamzell' de Massacré, qu'en beuviont point. C'est du Bordeaux d'la Coumète de 1822. Monsieu d'Barnique il l'a dit d'vant moué y a troués jours, s'ment i sait pas au jusse c'qu'y, en a et i veut pas ouvri la porte sans qu'ses coshériquiers il y seyent, vous compernez-t-i ?

Si j'compernais ? Pour sûr et parfait'ment ben ! Si tell'ment ben que j'me disiont :

— Vlà ma féte qu'approche et eun' boune bouteille de Bordeaux d'la Coumète a f'rait ben sus la tabe ce jour-là !

Quand que l'monsieu i s'a évu en allé, j'dis à ma femme :

— J'veux ouvri la porte en far !

Et vlà qu'a repond coume devant :

— J't'en prie, moun houme, fais point ça !

— Et pis, qu'a dit encore, voués-tu, c'monsieu-là, j'trouv' pas qu'ça seye un boun houne et i n'a eun œil qu'il est diabolique, coume n'on dit des foués. Si d'hasard ç'atait donc un sale franc-mâçon que l'Demon il envoyint pour te fé fé un grous péché ?

— Ça s'rait toujou que l'péché d'gourmandise, que j'fais, et c'est pas un ben grous péché pisque les curés i sont tous des gourmands !

— Quo qu'tu dis? C'est pas d'la gourmandise que d'fé sorti eune riviare !

— Puh ! qu'j'i fais, si c'est eun'riviare, ça s'ra eune riviare de vin et du Bordeaux d'la Coumète ! Ces riviares-là, ça fait point d'mal et j'm'la f'rai ben passer pa'l'trou du cou !

Alors j'i espliqu'l'affé d'monsieur d'Barnique et du vin qu'il attendiont ses coshériquiers pour n'en fé l'partage. Mais a disiont toujou : Non, faut pas ! faut pas ! ton monsieur il est envoyé par el'Diabe !

En fin des fins, l'jour de ma fête i n'anrive et j'dis à ma femme : J'vas sarcher la clé et j'y vas !

Ma pouver femme, pendiment c'temps-là, j'l'entendions qu'a geigniont : Héla ! mon Dieu ! héla, mon Dieu ! quo donc qu'ça va fé ? Mais moué j'attrape la clé dans la chapeule et j'descends à la cave. Tant pire ! n'on verra ben !

J'mets la clé dans la serrure, que ça teniont fort ! J'tourn' de tout's mes forces, ça fait : grin ! grin ! Crac ! et ça s'ouver. J'alleume eun'chandelle et... j'voyins ren du tout ! Un p'tit caviau d'quate sous anvec un p'tit trou d'eun'creuseur de pas s'ment un pied où que n'y avions un grous crapiaud !

Et pas tant s'ment eun'bouteille !!

Je r'monte, point content, et quo que j'trouve dans la cour ? Ma femme qui s'avait mis dans son cuvier à la lessive pour pas être néyée par la riviare ! J'i aurions ben foutu eun'tape, tant qu'j'étions en dépit !

Queuqu'temps après, l'monsieu il est r'venu, vu qu'il habitiont pas loin, et i m'a d'mandé :

— Eh ben, Pé Portebas, et l'vin d'la Coumète, était-i bon ?

— Coument qu' vous savez que j'y ai r'gardé ? que j'dis.

— J'en sais ren, mais' j'vous connais pour pas peureux, ben curieux et ben amateux d'bon vin, qu'i fait en rigolant.

— Eh ben, Monsieu, n'y avait ni d'l'iau ni du vin.

— Ah ! ren du tout, alors ?

— Si, un crapiaud !

— Eh ben, mon vieux, rapp'lez vous que l'fond d'tout's vos histouëres de boun's femm's, c'est coume el'fond d'vout'cave. Y a qu'ça d'dans :

Un crapiaud !

***

LE P'TIT PARISIEN

Pour c'qu'est d'c'que ma pouver Sandrine alle aviont fauté, v'là coument qu'ça s'étiont passé.

La dame de noute Monsieu alle l'avions prise au sorti de l'école pour i montrer la couture et la drôline alle allions tous les jours au châtiau où c'est qu'a travaillint anvec la femme de chambre et a s'faisait, d'la manière, des p'tites jornées que ça nous aïdait un tant si peu et qu'ça i peuyait en pu près soun habillage.

Quand qu'a n'a évu en par là dix-sept ans, un biau jour Madame a vint en s'proum'nant jusqu'à la farme et a dit à la mère :

— Mère Canard, ma femme de chambre va se marier et quitter ma maison. Voulez-vous me donner Alexandrine pour la remplacer ?

Ma femme a répond :

—Dame, Madame, faut vouër. J'vas n'en parler à
Canard. Tant qu'à moué, j'veux ben.

Donc que l'souër a m'raconte ça. Moué, ça me
déplaisiont point : les maîtes il taient des richards, la
méson alle tait boune, la pocque a s'y trouviont ben
aise et pis, coume Monsieu et Madame il habitiont
Bloués en hiver, j'réfléchissions : Sandrine alle est
point mal plantée et a trouvêra p't'èt'ben queuqu'
boun epouseux à la ville.

Ah! les sacrées villes de malheur du tonnerre de
nom de gouï! C'est ça qui nous pard tertous, nous
autes paisans!

C'est pas, voyez-vous, qu'n'on y soye pus hé-
reux ni pus argenté, mais v'là! c'que n'on gangne,
n'on l'gangne; tandis qu'dans la culture, si qu'i
n'anrive des mauvaises années, des épilemies su les
bétes ou ben un coup de grêle, v'là tout foutu!

Et pis, à la ville, n'on vouet du biau monde, i passe
des régiments en musique, n'on va au feu d'artifice le
14 juillet, sans compter des foués l'café et l'théâtre.

t encore, si n'on veut ben voter pour les blancs et
mette ses enfanrs cheux les Fréres et les Sœürs, n'y a
toujou queut' chouse à recolter vis-à-vis des Dames
de charité et du curé de la Parouësse.

C'est tout ça qui fait que n'y a trop d'ouveriers

dans les villes et presque pus pas un dans la campagne. Mais enfin, on n'y peut ren et ça sart pas de s'mette pour ça l'mortel eu téte.

Donc, pour en r'veni, coume troués bétes que j'étions, moué, ma femme et Sandrine, j'conv'nons, su la préposition de Madame de di qu'oui ; point trop fâchés de l'affé. J'vas l'lend'main fé réponse de ça à Madame, que c'est entendu et que j'la r'marcions ben. Et au moués d'novembre, v'la Sandrine qui part pour Bloués anvec ses maîtes, ben contente.

Ça n'a duré dans les dix-huit moués et ça marchiont tout à fait ben, mais v'là qu'un jour du moués d'janvier, Madame alle écrit à ma femme eune lette coume par lequel Sandrine a s'atait ensauvée à Paris anvec un jûne houme qu'il tiont ami du fi à Monsieu.

Et pis, deux jours après, v'là eune aute lette, de Sandrine, qu'a nous acrivions d'Paris pour nous di la chouse, et qu'ç'atait si tellement tortillé que ben sûr ç'atait l'gars que i aviont fait fé ça à la dictée. Et là d'dans a marquiont qu'il l'aimiont ben et que i y avait fait promesse de point jamais la laisser et qu'alle l'aimiont ben aussite et qu'i i peuyerait un magasin et pata-ci et pata-l'aute.

J'pleurions ben fort en lisant ça tous les deux, et moué j'étais ben coléreux d'eune affé pareille, rapport que ben sûr ça f'rait du pécé dans l'pays, et ma femme a répétiont tout l'temps :

— Héla ! héla ! faut-i ! Quo qu'monsieu l'curé i va di d'tout ça ?

Vu que Sandrine all'tiont enfant d'Marie.

Enfin, quo qu'vous v'lez ? Faut ben durer, coumé i disiont les Berrichons, et j'tâchions d'consoler ma femme en i disant que Sandrine alle aurions un magasin et des beules robes et que l'monsieu i finirait p'têt ben par l'épouser à queuqu'jour.

Mais quant'méme, j'avons point repond à Sandrine pour i fé vouër que j'étions point contents.

Ça a été deux ans coume ça. Sandrine alle acriviont tant qu'à pu près tous les six moués. Dans l'coumenc'ment a marquait qu'son magasin il tait point encore ach'té, et qu'ça s'rait pour bentout. Mais à la fin a parlions pus du tout d'ça ni d'soun amoureux non pus.

Faut qu'j'dise eune affé que j'avions oubeliée et qu'est tout d'méme d'importance. C'est qu'dans l'moués ou qu'Sandrine alle aviont partu pour la ville, coume j'trouvions la méson ben grande, j'avions pris un p'tit Parisien d'l'Assistance Publique. Il aviont qu' deux ans à l'époque et il tait ben mignon, ct' enfant.

Et pis, ma femme, ça i plaisiont d'eul'ver c'te p'tit' graine-là, de l'débarbouiller, d'i chanter des chansons pour l'endormi, et pis, qu'tout en i dounant son dû, ça nous faisait un p'tit chouse de cent francs par an d'profit. Mais pour ça, n'on l'souëgnait ben, n'on l'norrissait à sa faim et n'on i fesait point d'misères coume i font un tas d' mauvais monde qu'il accrassinent leux p'tits Parisiens à tire-larigo, coume si, ces pouver drôles, ç'atait d'leux faute si il tiont v'nus au monde malgré z'eux.

Bref, tous les deux n'on s'atait ben attaché à Gusse, qu'atait donc son nom, et c'petit gas, i nous aimiont ben aussite.

Donc, que n'y avait coume qui dirait deux ans qu'Sandrine alle aviont fauté, qu'un biau souër en décembe, que Gusse il tiont d'jà couché, v'là qu'n'on cogne à la porte. Je l'ouver' et i n'ente eune femme toute embobinée anvec un pal'tiot d'velours qu'aviont eune bordure en pouël et qu'tout ça ç'atait enfondu.

Alle oûte c'qui i cachiont la téte. Bon sang d' bonsouër ! Ç'ationt Sandrine anvec eune figure toute triste, toute pâle et l'front tout plein d'son, coume a n'ont souvent les femmes enceintrées.

V'là qu'a s'met à g'noux, qu'a tend les bras et a s'acrie :

— Ah ! maman ! ah ! poupa ! pardonnez-moué et m'chassez pas !

Dame, ça vous r'tourne, ces coups-là, vous savez ! Ma femme alle en restiont toute camaude, mais j'voyins ben qu'a d'mandiont qu'à l'embrasser. S'ment alle osiont pas l'fé sans qu'j'i dise.

Mais moué, j'dis à Sandrine :

— Pourqué qu'tu r'vins coume ça sans avouër écrit ?

A répond, toujou à g'noux :

— Pac'que j'ai espéré qu'vous m'pardonneriez mieux en m'voyant. Et puis... et puis... j'savais pas comment écrire ça !

— Ça ! quoué donc, ça !

— J'suis enceinte de sept mois !

— Et ton galant, i peut donc point t'garder ni toun enfant ?

— Non ! qu'a fait tout bas.

— I peut toujou ben t'norri et peuyer les moués d'nourrice pisqu'il l'a fait !

— C'est pas lui ! qu'a dit en s'prenant la téte.

— Qui qu'c'est alors ?

Et v'là qu'all'hausse les épaules, que j'comprends ben tout d'suite qu'a l'saviont point.

Dame, à c'coup-là, l'sang i me r'monte, et j'leuve les deux poings que j'l'aurions écrabouillée si ma femme a s'atait point mise enter'nous deux. Ah ! la sacrée pouëson ! la sacrée traînée ! J'vous jure que j'i en défile un chap'let qu'c'est pas dans les lives de messe ! Ah ! mais non ! Et j'y craille pour fini : Fous-moué l'camp !

V'là qu'a se r'leuve et son mantiau de v'lours i timbe, j'vœués son vente qu'ationt tout bombé et ça m'met d'vantage en fureur. Et j'allions m'précipiter d'ssus pour la jitter dihors coume un tas d'salop'ries, quand qu'Gusse qu'atait donc dans son lit et qui s'atait reveillé vu la police que j'faisions, i passe sa téte par le ridiau et i craille tout en peur : Poupa ! poupa ! Et i tendions ses menittes de mon coûté.

Nom de d'là ! C'est coume si n'on m'aurait vidé un seau d'iau su l'corps ! V'là que j'timbe su eune chaise et que je m'prends la téte moué aussite et me v'là parti à pleurer coume un viau.

— Poupa ! qui craillait Gusse.

...Et j'disions à moun à part : Oui, t'en as pas non pus, toué, d'poupa ! qui qui t'a fait ? Tu l'sais pas, pas pus que parsoune. C'est tout coume c'ti-là qu'est dans c'vente et qui l'saura jamais non pus ?

Et Gusse i craillait encore : Poupa !

Et j'entendions les deux femmes qu'a geignint tout coume moué et qu'poussibelment a refleuchissiont la mém'chouse.

...Et j'me disions : Tu m'appeules poupa malgré que je l'soye pas, mais je l'suis tout de méme pisque j't'éleuve et que j'te souëgne et que j't'aimions quasiment coume un p'tit bas-enfant.

Et Gusse i n'a craillé encore : Poupa ! Et i s'a mis à pleurer coume les autes.

... Et je m'disions encore : Ben vrai, arrièze ! que je l'suis ton poupa et pourtant j'counaissons pas tant seul'ment ta mèze. Tandis que j'counaissons au moins la mèze à l'autre pisque c'est ma Sandrine.

Du moument que j' suis poupa pour toué, j'peux ben l'êt'aussi pour c'ti-là.

Alors je m'suis-t-erleuvé, j'ons ouvart mes deux bras en crouex et j'ai dit :

— Reste !

A M. G. Hamelle.

LE RESTANT DU BILLET

Oui, Monsieur, voyez-vous, sans Lerasle qu'est un brave houme, j'aurions pardu ben d'l'argent et ça aurait été ben malhûreux pour moué qui suis qu'un pouver'diabe.

V'là comment qu'i m'a rendu c'sarvic'là.

Nous aut's, les paisans, j'nous méfions toujou d'placer noute argent, rapport que les meilleux plac'ments i pouvent à des foués pas êt'bons et j'aimons mieux qu'a nous produise point d'intérêts putoût que d'la risquer. C'est pour ça qu'moué coum' ben d'autes, j'cachons dans queuqu'coin c'que j'gangnons : pour biaucoup, c'est un bas d'laine qui i eux i sart de tir'lire, mais ça s'connaît d'trop et moué, j'avions caché moun ecolomie dan eun'vieill' marmite, darriére la maie. N'y avait donc là-d'dans pour six à sept cents francs d'louis, pour deux cents francs de pièces de cent sous, queuqu'monnaie et un 'biau billet d'mille.

Tous les moués, j'étions accoutumé de y r'garder à sell'fin d'vérifier si ça y était toujou, pour y r'mette c'que j'pouvions et pis dame aussit, pour el'plaisi d'compter d'comben qu'ça groussissiont.

Mais v'là que l'moués darnier, j'trouve mon pouver'billet d'mille tout abimé. Sacré bonsouër ! I n'en manquiont tout un grand coin qu'n'on voyait ben qu'ça aviont été mangé par un rat. C'est qu'la sacrée marmite de malheur, malgré qu'all'tiont ben froumée anvecque l'couvarque, a n'aviont un trou par en d'ssous et qu'ç'atait mém'pour ça que j'm'en sarvions pus qu'pour m'en fé eun'ca-gnotte.

J'en avais-t-i d'la peune, de vouër coum'ça mon billet tout désaubé ! A n'en pleurer coume eune bête et à brailler coume eun'vache qu'a pardu son viau.

V'là qu' Lerasle i vint à passer d'vant cheux nous, et qu'i m'entend. Il enter'et i m'dit :

— Quo qu't'as donc à brailler ! T'as-t-i pardu ta grand'treue ?

— Hélà ! que j'fais, c'est pas ça. C'est encore pus malhûreux. Y a-t-i pas un bon sang d'rat qui m'a

mangé un grous morciau d'mon billet d'mille francs!
que, ben sûr, le v'là pardu !

— Faut pas t'fé du mauvais sang, qu'i répond. Il
est p'tête encore bon ! Monter'le vouër ?

Lerasle il est ben pu esprité qu'moué et i s'y cou-
nait ben pour c'qu'est des affé d'argent, vu qu'i n'a
été auterfoués coumis dans les Ponté-Chaussées. J'i
fais vouër el'billet. Il l'ergarde ben à l'envers et à
'endrouët et i dit :

— Acoute donc ! J'peux ren t'di là-d'ssus, mais
si tu veux ben m' le laisser, j'vas d'main à Blouës,
j'l'port'rai à la Banque de France, et j'i eux-i
d'mand'rai si n'on pourrait pas arranger c't'affé-
là ?

Donc, ça va coum'ça et i part el'lend'main pour
Bloués anvec mon billet. Vous pensez qu'tout'la jor-
née j'faisions point mon fiar et qu'j'avions point
grand appétit ni grand narf pour travailler, tant
qu'j'en étions dans l'inqueutude !

Enfin, v'là sus l'coup d'six heures et d'mie, mon
Lerasle qui rarrive, l'air ben réjoui.

Je m'dis : allons ! y a du bon ! Et du pus loin
que j' l'aperçouës, j'i craille : Eh ben ?... eh ben ?...

Et lui i fait eun'figure ben agriabe et i replique :
Ça va ! ça va !

Je l'fais entrer ben vite, et sitoût la porte froumée, i m'tape un grand coup d'poing d'amitié et i s'acrie :

— Sacré bounhoume, va ! T'en as eun'chance ! Faut qu't'aye marché dans queut'chouse de pas prope !

— Pourquoué ? Dis-l'donc tout d'suite, mâtin !

— Eh ben, mon gars, ton billet il tait encore bon. Pas bon tout à fait, mais i n'en reste tout d'méme pas mal !

— Ah ! nom de nom ! i n'en rest'-t-i biaucoup ?

— Dam, oui ! ton rat il en aviont mangé qu'pour deux cents francs. Tins ! v'là les huit cents francs d'restant qu'i m'ont douné à la Banque.

Ah ! l'vieux camarade ! J'te l'ai embrassé pus fort que ma femme le jour de ma noce ! Et je l'ai emmené au caboulot, cheux Tampon, où que j'i ai peuyé un fameux dîner !

TABLE DES MATIÈRES

TABLE DES MATIÈRES

—

NOUVELLES

***

Saint-Amand (Cher). — Imprimerie BUSSIÈRE.